大宋小吏

大家小书

《聊斋志异》面面观

马振方 著

北京出版集团公司
北京出版社

图书在版编目（CIP）数据

《聊斋志异》面面观 / 马振方著. — 北京 ：北京出版社，2019.3

（大家小书）

ISBN 978-7-200-14488-8

Ⅰ. ①聊… Ⅱ. ①马… Ⅲ. ①《聊斋志异》—小说研究 Ⅳ. ① I207.419

中国版本图书馆 CIP 数据核字（2018）第 256940 号

总 策 划：安　东　高立志　　特邀编辑：韩慧强

责任编辑：高立志

·大家小书·

《聊斋志异》面面观

《LIAOZHAI ZHIYI》MIANMIANGUAN

马振方 著

出　　版　北京出版集团公司

　　　　　北京出版社

地　　址　北京北三环中路 6 号

邮　　编　100120

网　　址　www.bph.com.cn

总 发 行　北京出版集团公司

印　　刷　北京华联印刷有限公司

经　　销　新华书店

开　　本　880 毫米 ×1230 毫米　1/32

印　　张　7.25

字　　数　100 千字

版　　次　2019 年 3 月第 1 版

印　　次　2023 年 3 月第 3 次印刷

书　　号　ISBN 978-7-200-14488-8

定　　价　42.00 元

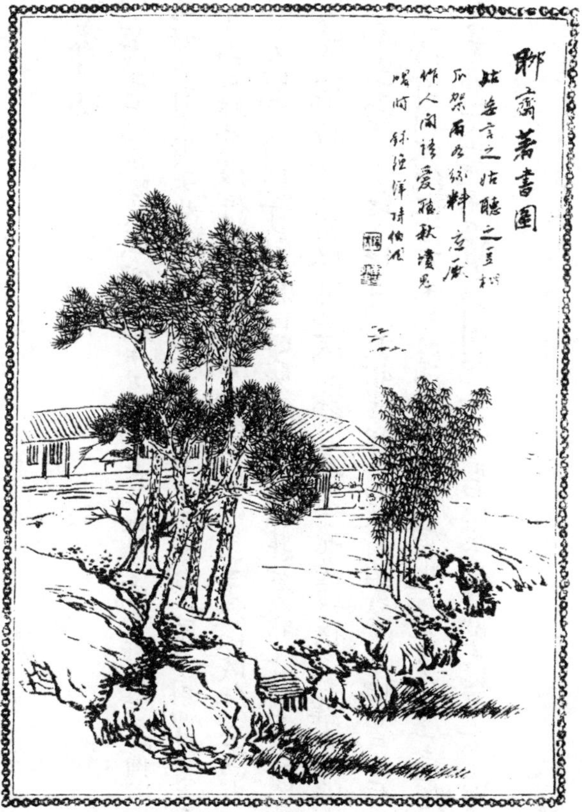

聊斋著书图（选自中国书店影印清光绪同文书局石印本《详注聊斋志异图咏》，1981年版）

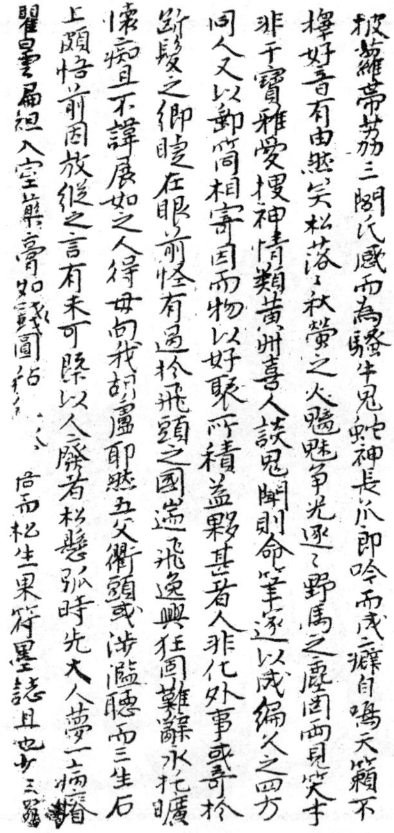

聊齋自誌
披蘿帶荔三閭氏感而為騷牛鬼蛇神長爪郎吟而成癖自鳴天籟不
擇好音有由然矣松落落秋螢之火魑魅爭光逐逐野馬之塵罔兩見笑才
非干寶雅愛搜神情類黃州喜人談鬼聞則命筆遂以成編久之四方
同人又以郵筒相寄因而物以好聚所積益夥甚者人非化外事或奇於
斷髮之鄉睫在眼前怪有過於飛頭之國遄飛逸興狂固難辭永托曠
懷癡且不諱展如之人得毋向我胡盧耶然五父衢頭或涉濫聽而三生石
上頗悟前因放縱之言有未可概以人廢者松懸弧時先大人夢一病瘠
瞿曇偏袒入室藥膏如錢圓粘乳際 寤而松生果符墨誌且也少羸

聊斋自志，蒲松龄手迹之一（选自蒲氏手稿本《聊斋志异》，文学古籍刊行社1955年版）

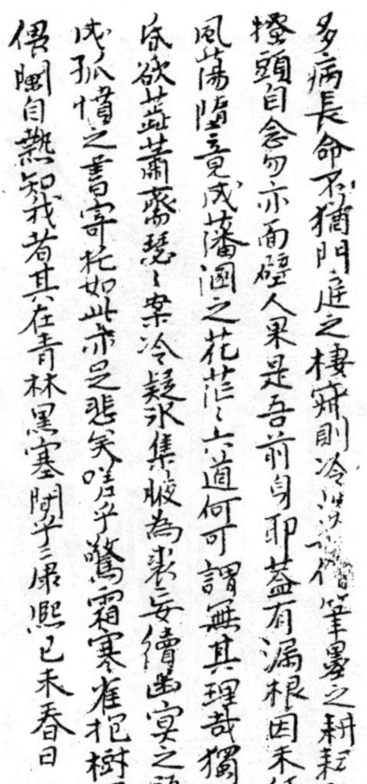
多病長命不猶門庭之悽寂則冷淡如僧筆墨之耕耘則蕭條似鉢每
搔頭自念勿亦面壁人果是吾前身耶蓋有漏根因未結人天之果而隨
風蕩墮竟成藩溷之花茫茫六道何可謂無其理哉獨是子夜熒熒燈
昏欲蕊蕭齋瑟瑟案冷疑冰集腋為裘妄續幽冥之錄浮白載筆僅
成孤憤之書寄託如此亦是悲矣嗟乎驚霜寒雀抱樹無温弔月秋蟲
偎闌自熱知我者其在青林黑塞間乎康熙己未春日

聊斋自志，蒲松龄手迹之二（选自蒲氏手稿本《聊斋志异》，文学古籍刊行社1955年版）

《叶生》（选自中国书店影印清光绪同文书局石印本《详注聊斋志异图咏》，1981年版）

《婴宁》（选自中国书店影印清光绪同文书局石印本《详注聊斋志异图咏》，1981年版）

《连城》（选自中国书店影印清光绪同文书局石印本
《详注聊斋志异图咏》，1981年版）

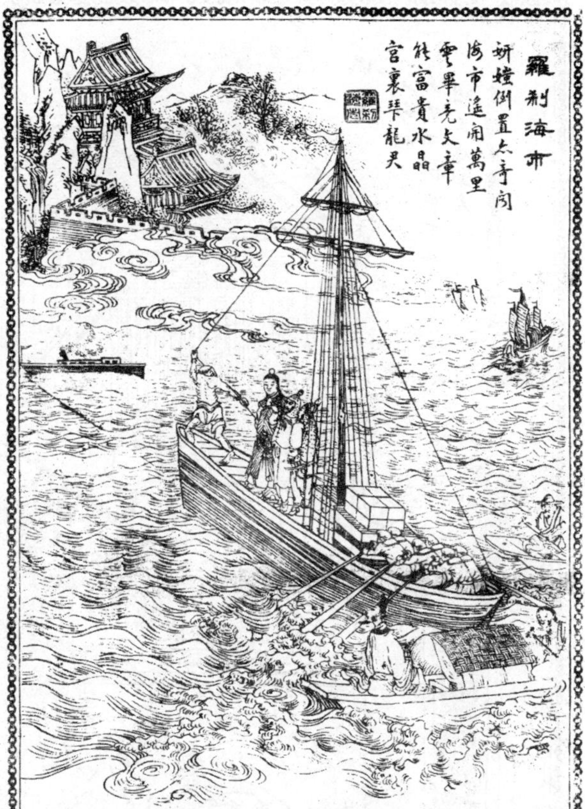

《罗刹海市》（选自中国书店影印清光绪同文书局石印本《详注聊斋志异图咏》，1981年版）

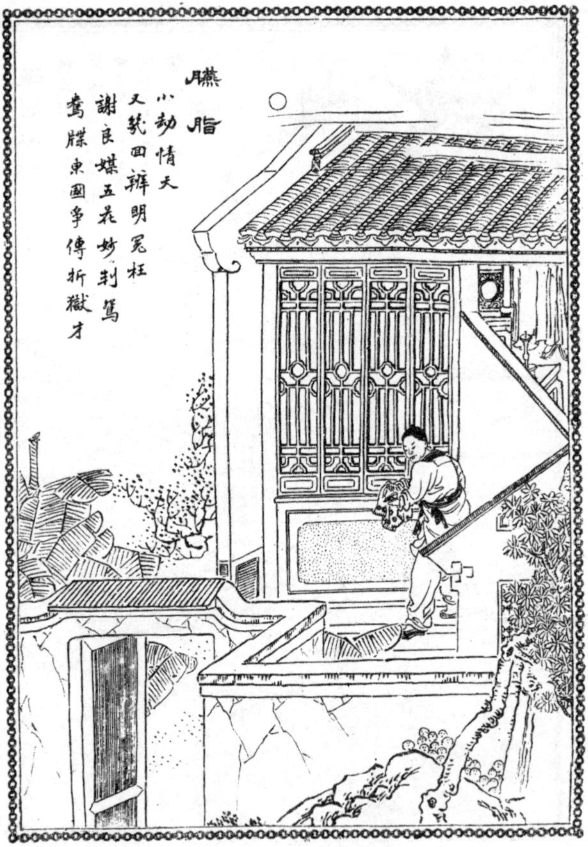

《胭脂》（选自中国书店影印清光绪同文书局石印本
《详注聊斋志异图咏》，1981年版）

《促织》（选自中国书店影印清光绪同文书局石印本
《详注聊斋志异图咏》，1981年版）

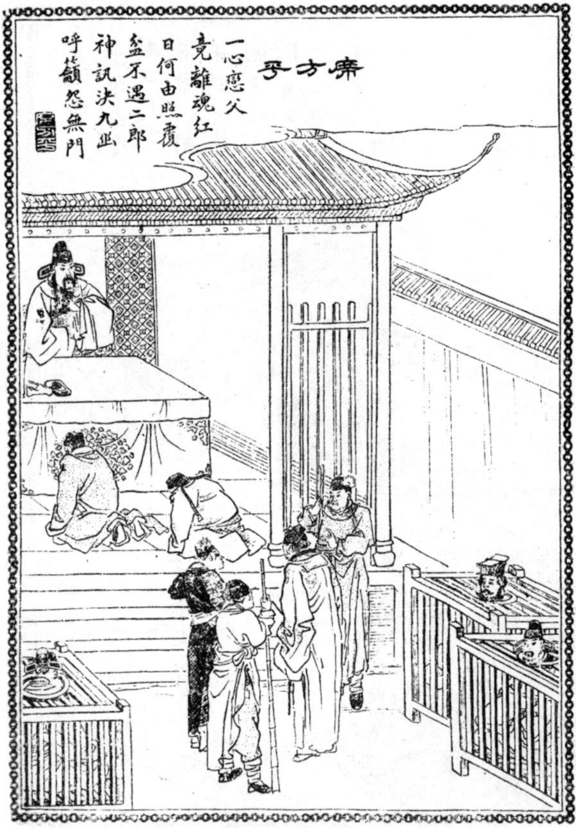

《席方平》（选自中国书店影印清光绪同文书局石印本《详注聊斋志异图咏》，1981年版）

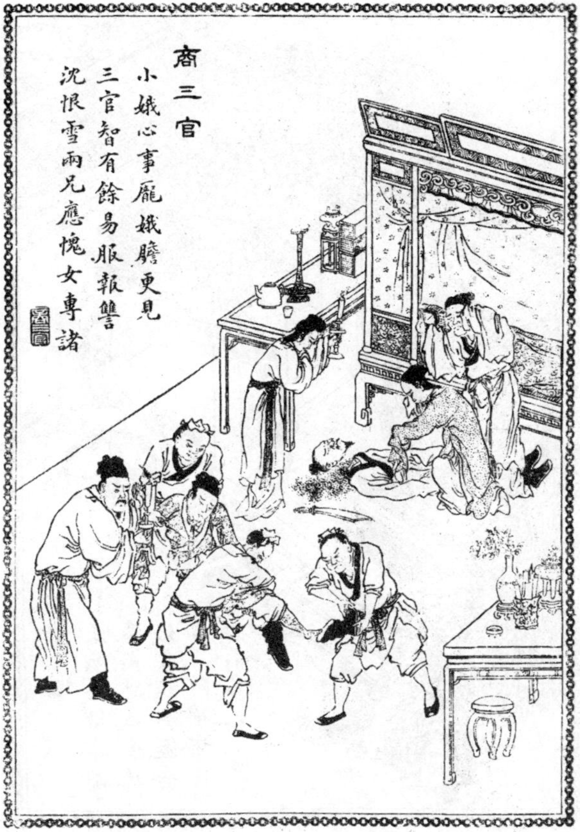

《商三官》（选自中国书店影印清光绪同文书局石印本《详注聊斋志异图咏》，1981年版）

《死僧》（选自中国书店影印清光绪同文书局石印本《详注聊斋志异图咏》，1981年版）

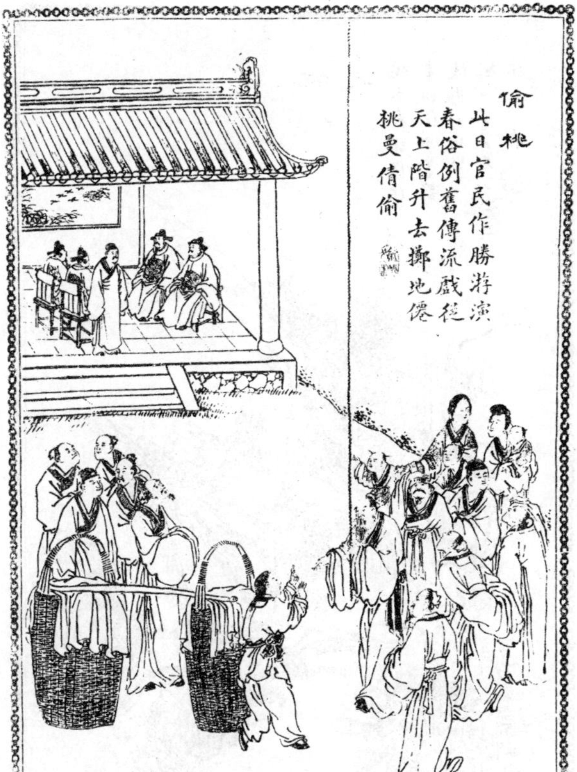

《偷桃》（选自中国书店影印清光绪同文书局石印本《详注聊斋志异图咏》，1981年版）

《蛇人》（选自中国书店影印清光绪同文书局石印本《详注聊斋志异图咏》，1981年版）

《地震》（选自中国书店影印清光绪同文书局石印本《详注聊斋志异图咏》，1981年版）

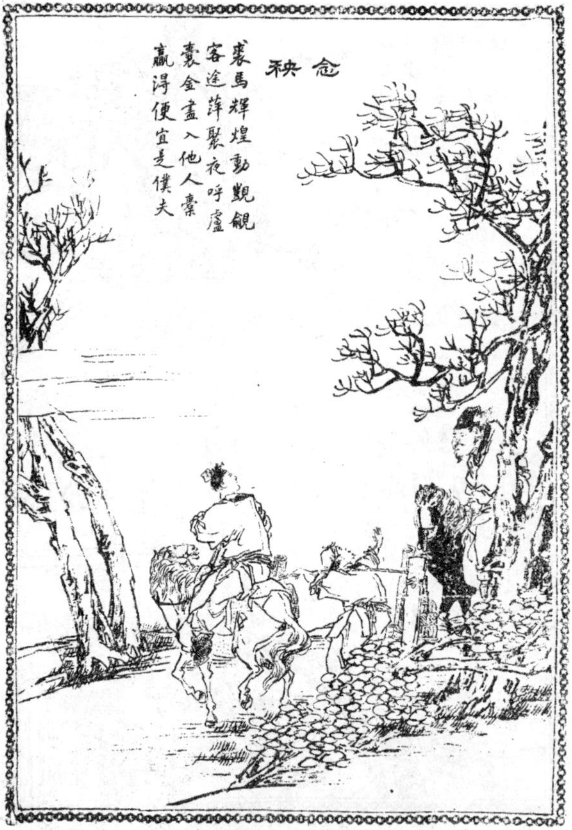

《念秧》（选自中国书店影印清光绪同文书局石印本《详注聊斋志异图咏》，1981年版）

总　序

袁行霈

“大家小书”，是一个很俏皮的名称。此所谓“大家”，包括两方面的含义：一、书的作者是大家；二、书是写给大家看的，是大家的读物。所谓“小书”者，只是就其篇幅而言，篇幅显得小一些罢了。若论学术性则不但不轻，有些倒是相当重。其实，篇幅大小也是相对的，一部书十万字，在今天的印刷条件下，似乎算小书，若在老子、孔子的时代，又何尝就小呢？

编辑这套丛书，有一个用意就是节省读者的时间，让读者在较短的时间内获得较多的知识。在信息爆炸的时代，人们要学的东西太多了。补习，遂成为经常的需要。如果不善于补习，东抓一把，西抓一把，今天补这，明天补那，效果未必很好。如果把读书当成吃补药，还会失去读书时应有的那份从容和快乐。这套丛书每本的篇幅都小，读者即使细细地阅读慢慢地体味，也花不了多少时间，可以充分享受读书的乐趣。如果把它们当成补药来吃也行，剂量小，吃起来方便，消化起来也容易。

我们还有一个用意，就是想做一点文化积累的工作。把那些经过时间考验的、读者认同的著作，搜集到一起印刷出版，使之不至于泯没。有些书曾经畅销一时，但现在已经不容易得到；有些书当时或许没有引起很多人注意，但时间证明它们价值不菲。这两类书都需要挖掘出来，让它们重现光芒。科技类的图书偏重实用，一过时就不会有太多读者了，除了研究科技史的人还要用到之外。人文科学则不然，有许多书是常读常新的。然而，这套丛书也不都是旧书的重版，我们也想请一些著名的学者新写一些学术性和普及性兼备的小书，以满足读者日益增长的需求。

“大家小书”的开本不大，读者可以揣进衣兜里，随时随地掏出来读上几页。在路边等人的时候，在排队买戏票的时候，在车上、在公园里，都可以读。这样的读者多了，会为社会增添一些文化的色彩和学习的气氛，岂不是一件好事吗？

“大家小书”出版在即，出版社同志命我撰序说明原委。既然这套丛书标示书之小，序言当然也应以短小为宜。该说的都说了，就此搁笔吧。

序　言

赵伯陶

马振方先生是我的老师。20世纪70年代末期，马先生在北京大学中文系开设“小说创作论”选修课，笔者曾亲聆教诲，受益匪浅。马先生年轻时曾经写过短篇小说，积累有相当多的创作经验，因而研究古代小说，无论艺术分析还是指归探讨，皆能析薪破理，烛微察远，探赜索隐，绝非左支右绌或隔靴搔痒的泛泛之谈。

上海文艺出版社于1986年出版其《聊斋艺术论》，首印2000余册，其中颇多真知灼见。著名学者陈贻焮教授为是书撰《序》，认为马振方先生在《聊斋》研究中有许多新的突破：“主要得力于作者（一）对小说的创作有真切的实践经验，对小说的艺术特点有深刻的理解；（二）对中国短篇小说的发生、发展了解很深，掌握了古今中外的大量作品，注意通过比较，并结合作品的思想内容探讨艺术表现，避免孤立地就艺术谈艺术；（三）治学态度严谨，能辩证地看待问题。而这三者，又往往同时体现在具体的论述之中，使得一些论述显得很圆满、很周到、很深刻、很精辟。”[①]这三个评价概括全面，极其中肯。

马先生曾于1992年应邀赴日本九州大学任教期间两访庆应大学聊斋文库，发现一批珍稀的蒲松龄遗作，经过一番细致的爬梳剔抉、考证辨伪，辑录成《聊斋遗文七种》，1998年由北京大学出版社出版，可补20世纪60年代路大荒先生所编《蒲松龄集》之不足，影响颇大[②]。

围绕蒲松龄及其《聊斋志异》，马先生写有一系列论文，考据补证类如《〈陈淑卿小像题词〉考辨》《〈聊斋志异〉本事旁证辨补》等，揭橥发覆，或得天下风气之先，有功学界；辨析论证类如《〈胭脂〉〈折狱〉虚实辨析——兼谈〈聊斋志异〉中的真人假事小说》《〈聊斋志异〉的表意艺术》等，多发前人之所未发，令研究者耳目一新。特别是“表意”一说，为马先生于1992年所郑重提出，作者认为“小说分为拟实与表

① 马振方著：《聊斋艺术论》，上海文艺出版社1986年版，序2页。

② 参见赵伯陶著：《义理与考据》中编《书评·读〈聊斋遗文七种〉》，北京时代华文书局2016年版，第224—230页。

意两大形态”，而表意之作占有《聊斋》的大部分篇幅：“蒲松龄的小说艺术首先就是表意的艺术，是以超验的形象结构表现精神、意念、情感、特征的艺术。”又说：“表意小说的超验形态有两种类型：超越事物自然性的幻异型和超越人事社会性的变态型。前者又分为三种形态：神话式、变异式和科幻式，后者分为四种形态：夸诞式、奇想式、佯谬式和假实式。”[①]

小说的“表意”理论为马先生所独创，用来解析《聊斋》众多篇章最为适用。如果用现代艺术再现《聊斋》，除《胭脂》一类的破案题材外，近几十年来影视艺术重加编导的《聊斋》故事，或郢书燕说，莫名其妙；或任意发挥，离题万里，几乎难觅成功之例。其原因就在于《聊斋》相关内容的表意性质，难以简单地诉诸视觉形象，如果尝试用设计完美的舞蹈形式对诸如《婴宁》《娇娜》《晚霞》等恋情篇章加以重现，或许能够淋漓尽致地传达出原作的精神或意境。马先生曾写有《〈聊斋先生〉观后感言》一文，对于《聊斋志异》改编影视剧问题不无感触地说：“近二十年来，热心于《聊斋》改编影视剧者不乏其人，而至今未能在荧屏或银幕上立起一个深入人心、广被认同的鬼狐形象。这在很大程度上是由于《聊斋》

① 马振方著：《中国古代小说散论》第二编《〈聊斋志异〉的表意艺术》，人民日报出版社2016年版，第204—205页。

那些名篇佳什既非《西游记》类的故事小说，也非《红楼梦》类的生活小说，而是故事其表、诗意其里的情韵小说。那富于诗意的空灵情韵迄今还是影视手段的一大难题。”[①]“情韵小说”的观点与上述“表意”说如出一辙，准确揭示出《聊斋》作为古体小说有其独特性的特征。

学者对于经典的学术研究需要沉潜其中，耐得住寂寞，自能乐在其中；重视经典的普及工作，对于有名望的学术大家也责无旁贷。马振方主编《聊斋志异评赏大成》（漓江出版社1992年版）的出版、选注《聊斋志异（精选本）》（高等教育出版社2008年版）的问世，即体现了作者在《聊斋志异》的普及化进程中的不懈努力。前者曾于1996年获第二届国家图书奖提名奖，后者属于国内第一套为大学生量身定做的“大学生传世经典随身读”系列丛书之一，这套丛书作者皆为十几所国内著名高校长期从事某一经典研究的权威专家，从而有效保证了丛书的学术质量。

从接受美学角度而言，如何诠释、解析《聊斋志异》，三百多年以来并无定于一尊的结论，而是热闹纷纭，各有千秋。诚如清冯镇峦《读聊斋杂说》所云：“是书遍天下无人不

① 马振方著：《在历史与虚构之间》，北京大学出版社2006年版，第294页。原载《文艺报》2000年7月27日。

爱好之，然领会各有深浅……作者难，评者亦不易。”[①]从读者阅读接受的角度来看《聊斋志异》，清人王夫之有所谓“作者用一致之思，读者各以其情而自得”[②]之论。《聊斋志异》的读者无数，自难一一统计其所“得”，但仍大致可用社会接受与个体接受区以别之。社会接受多体现于研究性质的成果，它并非个体接受的简单综合或概括，而是社会有选择性地对形成文本的诸多个体接受的认同，它受制于社会语境，并与社会发展阶段及时代风尚密切相关。

《〈聊斋志异〉面面观》作为北京出版社“大家小书”系列丛书中的一种，就是著名学者为普及古代文学经典努力下的成果。既然是普及性读物，因为读者面广，就必须顾及《聊斋志异》一书社会接受的普遍性问题，作者运思谋篇就要牺牲一部分只有深入研究者方感兴趣的议题，而将目光集中于现代社会的读者所关注并能充分理解的纯粹故事层面。如本书第六章《讴歌爱情美不胜收》，仅从标题而论，全面概括中有意融合了历史与现代的两重视野，以避免顾此失彼的缺欠，然而无意中这又与作者有关“表意说”“情韵小说”的探讨稍有龃龉了。

① 朱一玄编：《聊斋志异资料汇编》，南开大学出版社2002年版，第480页。

② 戴鸿森笺注：《姜斋诗话笺注》，人民文学出版社1981年版，第4页。

青年男女的自由恋爱，用恩格斯的话说即是："当事人双方的相互爱慕应当高于其他一切而成为婚姻基础的事情，在统治阶级的实践中是自古以来都没有的。至多只是在浪漫事迹中，或者在不受重视的被压迫阶级中，才有这样的事情。"①历史发展至今天，通过自由恋爱走进婚姻的神圣殿堂就普遍了吗？对于大多数青年而言，大概仍是一种美好的愿景。《聊斋志异》写男女恋情大多隔膜于社会，花妖狐仙来去倏忽，完全摆脱了社会人际关系的羁绊，小说性心理的展示无疑是以男子为中心的，其间瑰丽想象虽不符合生活逻辑，却又时时受到作者头脑中儒家仁善思想的制约，才不致令情节演义成心猿意马式的荒诞。此外，作者笔下的书生形象常换位于女性视角加以设置，于是就有了令男女地位暂时获得平等的利他性倾向，这无疑又使《聊斋》中的许多恋情篇章获得了超越时代的隽永魅力。《聊斋》大部分篇章的文化品格属于士林文化，有别于"三言""二拍"等主要以市井文化品格为主的白话近体小说。市井类的小说在男女之情的表现上多暴露出情与理的冲突，与时代脉搏相应共

① 恩格斯：《家庭、私有制和国家的起源》，《马克思恩格斯选集》第四卷，人民出版社1972年版，第75页。

振；《聊斋》则以读书人的士林文化品格为主，其对男女之情的表现偏重于精神层面的畅想，并与其强烈的自恋心理相融合。利用小说为自我写心，也自有其超越社会和历史的特殊美感。

山东大学马瑞芳教授，研究《聊斋志异》成果累累，也从事“新儒林”系列长篇小说的创作，计有《蓝眼睛黑眼睛》《天眼》《感受四季》等三部之多。她曾夫子自道式地说：“写小说与写基本纪实的散文不同，最大的快乐，是天马行空、独往独来，世间万物唯我做主，想象力不断喷发，自己创造的人物、情节，不断在纸面上活起来、动起来，先感动自己，后感动读者。那是不可言传的快乐。相信蒲松龄在没有任何报酬的情况下，矢志不移写小说，写小说的快乐是最大动力。”①这一番由衷之言对于我们解析蒲松龄的小说创作心态大有助益。

本书第四章《抨击科举痛快淋漓》，也是作者高度概括下的命题，行文论述因篇幅所限，实在难以充分展开。隋唐以来兴起的科举考试制度为平民子弟开启了一条进入仕途垂直上升的通道，据有关统计，从清康熙年间至清末，社会平民子弟通

① 马瑞芳著：《幻由人生——蒲松龄传》，作家出版社2014年版，第74页。

过科举（贡生、举人、进士）上升的机会占进入这一通道总数的13.33%[①]，尽管这一比例不算太大，但科举却是清代出路无多的读书人改换门庭的重要机会。平民身份的蒲松龄没有任何理由否定或反对这一人才选举制度，《聊斋志异》中的有关科举题材的小说所抨击者乃“黜佳士而进凡庸”（《三生》）的不公平而已。然而普及类读物却不能过多纠缠于对这些问题的讨论，有些内容只能笼统而言，点到为止。

全书共分十章，揭橥蒲松龄生平遭际与创作心态而外，对于《聊斋志异》中长篇短制的思想艺术、人物形象、世情百态、旖旎情怀乃至对于官府贪腐残暴的社会批判、议论性文字“异史氏曰”的设置等问题皆有涉及，称之为“面面观”，名至实归。文学史中一般将《聊斋志异》划入文言小说的范畴，本书则称之为“古体小说”，这并非标新立异，而是接受了著名学者程毅中先生的提法。程毅中《古体小说论要》开宗明义即说：“简单说来，古代小说可分为文言小说和白话小说两大体系，古代的白话小说常被称为‘通俗小说’，大概是为了与‘五四’以后的白话小说相区别。但通俗小说与文言小说不能构成对应的两分法，在逻辑上不是统一的分类概念。我在

① 参见赵伯陶著：《义理与考据》上编《论文·明清八股取士与文学及士人心态》，北京时代华文书局2016年版，第169页。

许多场合曾试用古体小说和近体小说的名称来对举古代的文言小说和白话小说，也得到了不少同道的认可。”[①]马振方先生虚怀若谷，从善如流，接受了程先生的小说分类法，书中多以“古体小说”称谓《聊斋志异》。

对于广大古代文学爱好者而言，《〈聊斋志异〉面面观》提纲挈领，要言不烦，虽属入门之书，却也为读者提高夯实了基础。笔者作为马先生的学生，为老师的著述撰写“导读”，诚惶诚恐之余，也有作为引玉之砖的一种荣誉感。但愿笔者与读者一起在品读经典、学习经典的过程中携手共进，努力继承好《聊斋志异》这一份文学遗产并能够发扬光大之！

2018年6月30日

① 程毅中著：《古体小说论要》，华龄出版社2009年版，第1页。

目 录

第一章　满怀孤愤著奇书

清代康熙年间，我国文学史上产生一部出类拔萃的古体小说奇书《聊斋志异》。“聊斋”是作者蒲松龄的书斋名[①]。全书近五百篇，大都写鬼写妖，“搜奇抉怪”，摹绘人生，寓意言情，内容繁复，多姿多彩，文笔精美，脍炙人口，是一部雅俗共赏、历三个半世纪而传诵不衰的经典之作，也是我国古体小说的艺术丰碑。

一

作者蒲松龄，字留仙，一字剑臣，号柳泉居士，山东淄川（今淄博市淄川区）蒲家庄人，生于明崇祯

① 参见蒲立德：《〈聊斋志异〉跋》，载张友鹤辑校三会本《聊斋志异》卷首，上海古籍出版社1978年新1版。

十三年（1640），四年后明即灭亡；卒于清康熙五十四年（1715），他的一生主要生活在清代前期。他出身于书香继世之家，远祖蒲鲁浑和蒲居仁曾为元代般阳路总管，官位相当于知府。后遭“倾覆”之祸，“只遗邈孤”，明代始兴[①]。高祖蒲世广和曾祖蒲继芳都是庠生（未能补廪的秀才）[②]，祖父蒲生汭未能进学，倒是他的两个从祖父蒲生池和蒲生汶做过知县。前者以贡元补无极知县，其祖父蒲世广乃得“赝赠文林郎”；后者进士出身，任玉田知县，就是《聊斋志异·梦别》所写的那位玉田公，不幸早亡。蒲松龄之父蒲槃，字敏吾，“少力学而家苦贫”，二十多岁还进不了学，“遂去而学贾”，创起一个不小的家业，居然“乡中称为素封”。后来回家做处士公，坐吃山空，“周贫建寺”，又逐渐败落，四个儿子“不能延师”，都由他亲自教读[③]，竟有三人得以“游泮”，成为秀才。蒲松龄是其第三子，自幼聪慧好学，最得蒲槃喜爱。十九岁应童试[④]，考得“县、府、道三第一”，大受

① 参见蒲松龄《族谱引》，载蒲松龄手稿《蒲氏族谱》影印本，日本：汲古书院1991年版，第9页。

② 路大荒：《蒲柳泉先生年谱》后附《蒲氏世系表》谓蒲世广为“廪生”，与族谱不合，或有差误。

③ 参见蒲松龄《蒲氏族谱》手稿影印本，第50、53、68页。

④ 此据蒲箬《柳泉公行述》：“十九岁弁冕童科”；另据《淄川县志》本传：“弱冠应童子试”，时二十岁。

山东学使施闰章的称赏。施闰章字尚白，号愚山，富于学识，颇有文名，而作为学使，尤其可贵的是爱惜人才，“以振起文教为己任”[①]。据王培荀《乡园忆旧录》（卷二）载，顺治十四年（1657）春，他在东莱主持考试，忽然“雷雨大作，平地水深尺余”，考生云集堂上，不能作文。他当即兴致勃勃地赋诗二首，一则鼓励考生：“敢言化雨随车至，应有蛟龙出水来”；二则表示选拔人才的决心和信心：“从教沧海添春涨，会取珊瑚百丈枝”。了解这位学使的上述情况，就会明白，应考大半生不得志的蒲松龄唯独这次童试中大得赏识，名震一时，绝非偶然，而是这位未来大作手自幼才华出众的突出表现。

受此鼓舞，蒲松龄博取功名信心十足。随即与好友李尧臣（字希梅）、张笃庆（字历友）等结郢中诗社，吟诗作赋，切磋文业，“相期矫首跃龙津”。康熙三年（1664），李希梅又邀蒲氏住其家中，“朝分明窗，夜分灯火”，一起“共笔砚”的还有蒲氏族甥赵晋石。不久，蒲家兄弟“析箸”。蒲松龄分田二十亩，“时岁歉，菽五斗，粟三斗”“兄弟皆得夏屋，爨舍闲房皆具”，不长于争竞的他与刘氏“独异，居惟农场老屋三间，旷无四壁，小树丛丛，蓬蒿满之”[②]。这种家境

① 张笃庆：《厚斋自著年谱》，载《蒲松龄研究》2001年第4期。

② 《述刘氏行实》，载《蒲松龄集》，上海古籍出版社1986年版，第250页。

使他潜心攻读、求取功名已不可能，大约到了康熙四年（最多五年），就去邑西五十里王村的王永印（字八垓）家坐馆授徒。这除了袁世硕先生在《蒲松龄早年“岁岁游学”考》中所做的考辨，还有日本庆应大学图书馆聊斋文库所存蒲松龄所作《新婚宴曲》末附“特志事略”为证：“康熙六年，仲春之月，适在王村，课蒙为业。”[①]说得十分清楚明白。

蒲松龄从顺治十五年（1658）成为秀才，其后十年中有可能多次参加应举的乡试。生员赴乡试前，还要经过学政主持的科试，科试一、二等及三等前十名（大省）或前五名（小省，如山东）才有资格应举。蒲松龄这十年间参加科试、乡试的情况均无明确记载。但从他稍后写的诗中可以窥见他这一阶段科场失意的心境，所谓“十年尘土梦，百事与心违”（《旅思》），“十年心事计全非”（《堤上作》）。值得注意的是，《聊斋志异》的写作很有可能是在这个时期开始的。蒲松龄于康熙九年（1670）秋天南游之际，其诗已有“途中寂寞姑言鬼”句（《途中》），这与《莲香》篇末所记“余庚戌南游至沂”，得读“王子章所撰《桑生传》”，“此其崖略”云云恰好相符。第二年正月写的一首诗又有“新闻总入鬼狐史”

① 见拙辑《聊斋遗文七种》，北京大学出版社1998年版，第234页。

句[1]。不过，我们很难想象，这部“志异”小说的写作是在南游途中突然开始的，时间大约还要早些。像《地震》那样对作者自己在康熙七年（1668）一次非常感受的记述，大概距地震发生的时间不会太久。总之，蒲松龄对民间鬼狐故事的兴趣、写作志怪小说的热情，不是在功名无望、满怀“孤愤”的情况下才萌发的；而是在南游之前的某个时候，在潜心举业的青年时代就“雅爱搜神”“喜人谈鬼”，并且热心地记录、加工，从事创作。这是兴趣和才华的顽强表现，也是成就《聊斋志异》这部杰作一个不可忽视的因素。蒲松龄后来为什么将一腔“孤愤”寄托于神异幻想小说，而不是别的文学形式，是与他早年对民间异闻传说的特别兴趣、对幻想小说形式的特别爱好密切相关的。

二

康熙八年（1669），蒲松龄三十岁。蒲槃去世，三年丁父忧，不得应举。适逢同邑进士孙蕙做了宝应知县，由于他的恩

① 《十九日得家书感赋，即呈孙树百、刘孔集》，载殷孟伦、袁世硕编注《聊斋诗词选》，齐鲁书社1983年版，第14—15页。“鬼狐”原作“狐鬼”，平仄不谐，似误。《蒲松龄集》题作《感愤》，“鬼狐史”作“夷坚志”。

师、蒲氏族甥赵金人的举荐[①]，第二年就邀请蒲松龄为他做幕宾。蒲松龄由于科场失意和家境所迫，便接受了邀请，决心进官场闯荡一番，乃于康熙九年（1670）秋，出青石关，南下江淮，开始一生中唯一的远游。他于次年初写出诗句：“漫向风尘试壮游”，即是南下心境的写照。做幕宾生涯只有一年，这位小说大家却受益匪浅。

第一，大开眼界饱览风光，开阔了视野。还在南行途中就写出赞美南国景色的诗：“青草白沙最可怜，始知南北各风烟……一声欸乃江村暮，秋色平湖绿接天”（《途中》）。到宝应数月，又随孙蕙去高邮、扬州等地同一些进士、名流“登北固、涉大江、游广陵、泛少白”（王洪谋《柳泉居士行略》），写了许多游览登眺、纪胜感怀之作，后被编为《南游草》。一年间，他对南方的生活状况、风俗习惯也有所了解，这对他创作以南方为背景的那些作品，如《五通》《青蛙神》《白秋练》《晚霞》《王桂庵》等，显然是不可缺少的生活经验，对整个《聊斋志异》的写作也大有裨益。

第二，幕宾生涯使他有机会接触封建官府和县衙门的各色人物，不仅对知县孙蕙十分熟悉，还能了解其上下左右。这从

① 参见杨海儒、李冬梅、杨晓林《蒲松龄游幕高（邮）宝（应）的媒介人物探析》，载《蒲松龄研究》2005年第4期。

他代孙蕙写的几十篇呈文书启中可以清楚地看出来。宝应、高邮是南北交通要冲，京官、地方官经常过往，大肆骚扰，单是驿站马匹一项就弄得孙蕙焦头烂额。孙蕙在上司面前备受凌辱，他自己的生活又很奢华："琅玕酒色郁金香，锦曲瑶笙绕画梁。五斗淋浪公子醉，雏姬扶上镂金床。"[①]蒲松龄这一年可以说深入到封建官府的心脏，熟悉了其中种种内情，掌握了它的方方面面，为他在《聊斋志异》中描绘、揭露官场的弊害生出各种新巧的构思打下了厚实的生活基础。

第三，由于孙蕙"喜声伎，金粉罗绮列屋而居"[②]，蒲松龄得以接触南方一些能歌善舞的青年女性，并为她们写了多首诗词。最突出的是顾青霞。其《听青霞吟诗》云："曼声发娇吟，入耳沁心脾，如披三月柳，斗酒听黄鹂。"他还特选百首唐人绝句，供顾吟咏。《连琐》中的女主人公"自选宫词百首，录诵之"，两者情形十分相似，分明是移花接木的艺术造作。这个歌女随后成了孙蕙的妾。孙蕙入京做官，将她留在淄川家中多年，孙蕙死时，她还年轻，其后不幸早逝，蒲又写了《伤顾青霞》："吟音仿佛耳中存，无复笙歌望墓门。燕子

① 蒲松龄：《戏酬孙树百》其二，《蒲松龄集》，第471页。

② ［清］王培荀：《乡园忆旧录》卷二。道光二十五年（1845）济南王氏刊本。

楼中遗剩粉，牡丹亭下吊芳魂。”[①]诗中饱含对早夭歌女的悼惜怀念之情。这与《聊斋志异》多篇对年轻鬼女的描写在精神上是相通的。南游诗中还有一首《客斋》，开头四句是：“高斋灯火客思清，旅况萧条华发生。自有酒人来击筑，欲召小妇坐鸣筝。”[②]由此也可想见，蒲松龄与歌女不仅相识，有时还会招请她们，排遣旅况的苦闷。我们知道，南方的封建伦理观念相对来说比北方薄弱，歌妓的思想观念更较开放，接触和了解这些女性，为创造那些在爱情方面大胆追求的女主人公准备了条件。

第四，蒲松龄一年之间为《聊斋志异》搜集不少题材，并加紧写作。前面提及的那首诗写道：“漫向风尘试壮游，天涯浪迹一孤舟。新闻总入鬼狐史，斗酒难消垒块愁。”“总入”一词不仅表明写作时间较长，同时也表明搜集的数量比较多，肯定不止《莲香》一篇。《巧娘》篇末注明是“高邮翁紫霞”提供的材料，应该也是在高邮的时候听到的。再者，诗中把“鬼狐史”与“垒块愁”联系起来，说明这时作者已有明确的创作意图，是作为“孤愤之书”来写作了。

尽管在我们看来，此次南游收获很大，和孙蕙的关系也处

① 《蒲松龄集》，第676页。

② 《蒲松龄集》，第475页。

得很融洽。蒲松龄自己可是愈来愈苦闷，因为这种笔耕墨耘的幕宾生涯离他登第出仕的理想愈来愈远。做幕宾第二年写的《漫兴》云："年年踪迹如萍梗，回首相看心事违。"这年秋天，南来将近一年之际，他就怀着"消磨未尽"的雄心毅然辞幕，经过长途跋涉，回到故乡，进入下一生活阶段。

三

总的说来，蒲松龄的身世是比较清楚的。不甚明了的，除去前已述及的早年坐馆王永印家，便是三十二岁南游回来以后到四十岁去毕际有家坐馆之前的七八年间。1984年王枝忠先生发表《关于蒲松龄生平经历的几点考订》一文，明确论述了蒲松龄南游回来后有几年是在淄川的丰泉乡王家坐馆，将此项研究推到一个新的阶段。2006年苏家庆先生又在《蒲松龄研究》第1、2期发表《蒲松龄设帐淄川县仙人乡马家庄考证》，证明蒲松龄那几年坐馆的王家不住淄川东北的丰泉乡，而住城东的仙人乡马家庄，教授的学生"主要是王氏家族的第十一世孙，即王体正、王一正、王秉正的子侄们"。从而使此项研究于百尺竿头，更进一步。

在南游归来后的七八年中，蒲松龄的游学生涯应不止王氏一家。康熙十一年（1672）四月先生曾随高珩、唐梦赉等游过崂山，作《崂山观海市作歌》；十二年（1673）春，又因“寂寞无聊，与高念东徒步而游”莲花庵，作《尼姑思俗曲》[①]；是年七月又曾登游泰山，作《登岱行》。这两年如此闲暇，可能并未设帐教书，也可能被归里家居的高少宰珩邀去“从杖履”，即为高珩做西宾[②]。笔者于此做一点补充。在此期间，蒲松龄还可能教过高家的孩子们学八股文。日本庆应大学图书馆的聊斋文库存有署名为“蒲留仙”的《作文管见》旧抄本，其文非独立为篇，而是被高珩之兄高玮的曾孙高传绪于嘉庆七年（1802）以后写的一份有关教子的多项材料的一部分，前后均有别文，笔体如一，连续抄写，标题只另起行，不另起页。所以不可能是后人为应付某种需要而伪造的聊斋之文，应是蒲松龄教授八股文用的教材或供生徒阅读之文稿。大约是在高家做西宾时写的或用过的，传到高传绪（也是个授徒夫子）手里，编入这份教子资料。而后这材料落入蒲家后人之手，平井雅尾从蒲松龄第九世孙蒲文英家获得。其文第一段云：

① 参见拙辑《聊斋遗文七种》，第230页。

② 袁世硕：《蒲松龄事迹著述新考》，齐鲁书社1988年版，第110页。

文章之法，开合、流水、顺逆、虚实、浅深、横竖、离合而已。开谓前股扬开，合谓次股笼合到题。多半前用正笔，后用反笔。流水谓二股如一股。顺是前二股从题首做到题尾，逆是次二股从题尾卷到题首。虚实是前二股虚写题意，后二股实发题理。浅深俱是实做，特后二股更精进一层。横竖如天地间、古今来即是，余意可以类推。离合乃虚笼起全题，忽就题中字孤讲一段或二股（段），然后拍合到题位。凡譬喻题多用此法。尝见"出门如见大宾"文，先言出门为时虽暂，亦不敢因其暂而忽之，即用"今夫"二字陡出"见大宾"孤讲：不敢不敬，且不自觉即自然而敬，然后落到出门亦是如此。正所谓离合法也。

这显然是讲的八股文作法。除了王、高两家之外，还有沈家，袁先生曾在《蒲松龄早年岁岁游学考》中提出蒲氏早年曾与沈天祥"共灯火"的线索，后经邹宗良先生对此再做考索，证明蒲松龄在沈家坐馆是在"康熙十七年（1678）"[①]。这样看来，在坐馆毕家之前的七八年中蒲松龄应先后在高、王、沈三家设帐或做西宾。

① 参见邹宗良《蒲松龄与淄西沈氏》，载《蒲松龄研究》2010年第3期。

由于子女多而且小，天时又“连岁降奇荒”（《忧荒》），这七八年是蒲松龄坎坷一生中最艰难困苦的时期。尽管“岁岁游学”，也未能改变贫困的家境。“十年贫病出无驴”（《草庐》其二）；“家无四壁妇愁贫”（《拨闷》）；“贫因荒益累，愁与病相循”（《四十》）；“大者争食小叫饥”（《寄弟》）；“午时无米煮麦粥”（《日中饭》）……都是这个时期写下的诗句。到他老母亡故时，以致无钱治具，告贷无门，“兄弟相痴对，枯目以仓皇”，不得不接受王如水的慷慨相助①。这位小说大家的穷困至此达于极点，而其时已到毕家坐馆，进入下一阶段了。

这七八年，蒲松龄在承受贫困压迫的同时，还要承受另一种压迫——考场继续失意的精神压迫。他从宝应回乡，带来孙蕙的一封荐书，可第二年壬子的乡试仍不得意。他秋后写给孙蕙的诗有“我困遭逢数亦悭”“叶公元不爱真龙”“痛哭遥追阮嗣宗”等句（《寄孙树百》）。孙蕙来信谓“不意芜棫无灵，致误云翼”“抱歉，抱歉！”②此后数年蒲氏还写有多首为举业无成愤懑之诗。可喜的是在此艰难困苦时期，他依然

① 《薄有所蓄，将以尝所负，又为口腹耗去，深愧故人也。慨然有作，情见乎辞矣。寄王如水》，载《蒲松龄集》，第531页。

② 参见路大荒《蒲柳泉先生年谱》，载《蒲松龄集》，第1773页。

坚持《聊斋志异》的写作。先生参加且有文字可证的下次乡试是康熙十七年（1678）戊午科，他于是年写的七律《同安丘李文贻泛大明湖》云："北极台临北斗悬，两人把手意怆然……挥髯共洒陵阳泪，此日相看最可怜！"这分明显示两人都在这年的秋闱中落榜。本年主持山东乡试的是刑部尚书翁宝林。据王培荀《乡园忆旧录》记载，此公选才十分认真，包括解元毕世持在内的诸多山左名士"皆从落卷搜得，非遇宝林先生俱落孙山"；另一名士孙勷的试卷也从落卷找出，由于"房官涂抹太甚，不可中，翁氏深为惋惜，将他引见诸当事，为刻其文"，使孙名满天下，下科即被录取[①]。此科在山东一时传为美谈，蒲松龄未能得中，或深受刺激，所以在上题七律的第二首中写出"鬼狐事业属他辈，屈宋文章自我曹"之句，似乎要摒弃《聊斋》的写作，大力研习四书和八股文了。实则只是一时情急、愤激之言，第二年，《聊斋志异》就初具规模，编辑成册，并写了那篇有名的《聊斋自志》，以冠其首。文中写道："门庭之凄寂，则冷淡如僧；笔墨之耕耘，则萧条似钵。""独是子夜荧荧，灯昏欲蕊，萧斋瑟瑟，案冷疑冰"。这些话正是作者这一时期家境与心境的真实写照。但又自

① 王培荀：《乡园忆旧录》（卷二）。

谓："遄飞逸兴，狂固难辞；永托旷怀，痴且不讳。"看来，这位满怀抑郁的小说家大写"孤愤之书"的狂热和痴情既不能自我抑制，也没有外力可以阻挡得了。

四

康熙十八年（1679），先生四十岁。就在这一年，他应淄川望族毕家之邀，到位于县之西鄙的西铺坐馆。馆东毕际有是明末户部尚书毕自岩之子，清初拔贡，曾做过江南通州知州。家有园林石隐园、藏书甚富的万卷楼，以及效樊堂、绰然堂等建筑。其子毕盛钜（字韦仲）无意仕进，有八个儿子[①]。蒲松龄就在绰然堂设馆，教毕盛钜之子。其间，他在这里还结识一批文人、名士，交游更广了。当时颇负文名的王士禛是毕际有妻子的从侄，就是通过毕家，蒲氏结识了这位刑部尚书。他是最早阅读《聊斋志异》的名家，也是评点《聊斋志异》的第一人，对这部小说名著的流传有一定的影响。

在毕家坐馆既有许多优越之处，也有艰难、凄苦的一面。

① 袁世硕主编《蒲松龄志》，山东人民出版社2003年版，第31页。

蒲家庄离西铺约六十里，常年不能与家人团聚，无法照料生活相当贫困的妻儿，偶尔回家一次，情同客人，乃至“惊吠狺狺家犬”（《贺新凉》）。更使他难过的是，终年教授别人子弟，自己的儿子却无人教读。这在他的诗文中多次提及：“卖文为活，废学从儿；纳税倾囊，愁贫任妇。”[①]“我为糊口耘人田，任尔娇惰实堪怜。几时能储十石粟，与尔共读蓬窗前。”这些话都是很动感情的。如果遇上天灾病况，心情更不好，甚至竟夜难眠。看他五十二岁写的《五月十二日抱病归斋》：

抱病归斋意暗伤，频呻短榻倍凄凉。家贫况值珠为粟，儿懒何堪妇卧床。梦里红尘随路远，镜中白发与愁长。终朝辗转闻残漏，月下空庭雪满廊。

这种为人作嫁的坐馆生涯使他常常陷于愁苦，无法解脱。到了老年，儿子大了，“各谋一馆，以自糊其口”（《柳泉公行述》），生活境况好起来，但年迈奔波，十分辛苦。蒲箬充满感情地写道：“六十余岁，犹往返百余里，时则冲风冒雨于奂

---

① 《呈石年张县公俚谣序》，《蒲松龄集》，第95页。

山道中”（《行述》）。蒲氏五十八岁写的《十月五日西行二首》也充分反映了这种苦况。“破砚飘零白发修”，正是暮年坐馆生涯的剪影。不过，由于与毕际有父子关系和谐，亦宾亦友，及前述诸多优越之处，他竟在毕家坐馆长达三十年之久，直到七十一岁才回家终老。在此三十年中，他在教授生徒并为毕氏父子及乡里书写各种应酬文字而外，继续参加多次乡试。

这里先说说他于四十四岁得补廪膳生的情况。清代生员三年要进行一次岁试，成绩分为六等，一等得补廪膳生，简称“补廪”，每月可领廪饩银四两，又称食饩。蒲松龄十九岁“弁冕童科”，可至四十多岁非但没能中举，也未得补廪。康熙十八年（1679），汪如龙（字健川）来宰淄川，连续六年，颇多政绩，口碑甚佳。《县志》说他“天性慈祥，一介不取”“服御俭素”，是“古遗爱”。蒲松龄有《上健川汪邑侯启》，谓“六十里里人，人人加额；百千户户口，口口成碑”，虽是溢美之词，也可见出汪在先生心中的地位，故而有上书之举。上书的目的是在述说自己怀才不遇的寒酸遭际，并“略录旧篇”“附呈小品”，求其“冰鉴”与“游扬”，为其仕进功名助一臂之力。汪令看了，应很欣赏其文才，同情其遭遇，故而“见招”，很可能留他在署中逗留一段时间，使蒲铭感溢于言表：“偃蹇自拚人不伍，忽逢青眼泪沾巾！”[①]不过，县令的“游扬”，只限于学政主持的岁、科两试，至乡试就无能为力。下科岁试之后，蒲松龄即得补廪，或与汪令的这番交往不无关系。

补廪对先生还是一个不小的鼓舞。蒲箬在《柳泉公行述》中说：“癸亥年，我父食饩。其时惨淡经营，冀博一第。”次年即康熙二十三年（1684），岁在甲子，先生应试，有其所作两篇制艺为证。一是《子贡曰譬之宫墙，百官之富》，二是《能言距杨墨者圣人之徒也》[②]。此二题与法式善《清秘述闻》（卷二）所记“康熙二十三年（1684）甲子科乡试”之山东试题完全契合。值得注意的是，抄录《聊斋制艺》的王敬铸《附注》有云：“前三艺传为康熙十三年甲子科秋闱之作。时主司已拟元矣，二场抱病不获终试，主司深为惋惜，而自此亦不复闱战矣。”[③]其文有三处明显的差误：其一，“前三题”实只第三题即《子贡曰……》是本科制艺，另两题为先生“弁冕童科”之作；其二，“十三年”乃二十三年之讹；其三，“自此不复闱战”，远非实际。但不能因此否定先生曾参加甲子乡试。至于“主司已拟元”云云，或为传闻之一说，

---

① 《答汪令公见招》（五首其二），《蒲松龄集》，第519页。

② 盛伟辑注：《聊斋佚文辑注》，齐鲁书社1980年版，第193、215页。

③ 《答汪令公见招》（五首其二），《蒲松龄集》，第217页。

自难骤定或骤否。不过，如果先生真有这次因病错过抡元的机会，乃是终生一大憾事，似不应在其诗文中均未言及，或是同情先生的一种虚托之词与？在甲子后，又有康熙二十六年（1687）丁卯科乡试，先生亦曾应试而“越幅（即书卷时误空纸页）被黜”，为此痛心疾首，作《大圣乐》词，曰“痛痒全无！”可见给他的打击之大。加上下科再次犯规被黜，更是雪上加霜，无以自解，只能认命。其时已五十一岁，后在《述刘氏行实》中回忆：“先是，五十余犹不忘进取。刘氏止之曰：‘君勿须复尔！倘命应通显，今已台阁矣。山林自有乐地，何必以肉鼓吹为快哉？’”先生亦“善其言”。此后还于康熙三十二年至四十四年六次乡试之年他都写过多少不等只有应考才用得上的“拟表”，但从先生的诗文中却看不出继续应举的迹象，有可能主要是为儿辈应举参考而作。其中前一两次或不排除为自己应举做的准备，但也未必应用过。这位小说大家大半生困于场屋。

从上述经历可以看出，蒲松龄的功名心是颇重的，同时又是怀才不遇的。这给他造成极大的精神压迫和心灵痛苦。犯规被黜，总有自己的错处，痛后易于平复。更多的落败则使先生怨天尤人，无可如何，忿于内心，发为诗词：“天孙老矣，颠倒了天下几多杰士。蕊宫榜放，直叫那抱玉卞和哭死！”（《大江东去·寄王如水》）“义气相逢清夜悔，艰难深历壮心灰。与君共洒穷途泪，世上何人解怜才！”（《中秋微雨，宿希梅斋》其二）“年年落魄。四十衰同七十者，病骨秋来先觉。”（《念奴娇·新秋月夜，病中感赋，呈袁宣四孝廉》）这就是大半生追求功名而始终怀才不遇之人心境的苦难历程。他志不得伸，才不得用，满怀忧愤，无所寄托。这也是蒲松龄长期致力于狐鬼故事，创作《聊斋》的一个重要原因。他称《聊斋》为“孤愤之书”，又说“寄托如此，亦足悲矣”，明白道出了这一点。

不过，蒲松龄的“孤愤”，并非只为个人遭际，同时也为悲天悯人、愤世嫉俗。无论怀才不遇，还是穷愁潦倒，都使他接近社会下层，同情人民疾苦，对世事有比较清醒的认识，满怀种种不平之气，在思想感情的诸多方面与劳苦大众相近相通。他不但把种田、养蚕列为“居家首务”，阐明铁匠、石匠、裁缝等手工业者的辛苦与价值（《日用俗字》），而且看到“织者常苦寒，耕者常苦饥”的不合理社会现实。蒲松龄虽是教书的先生、应考的秀才，却特别关心农业生产，忧念天时与灾荒，亲自观察灾情，钻研抗灾方法，总结灭蝗经验，在反对官府催逼赋税、横征暴敛方面与广大农民是一致的。这固然与他家半靠种田维持生计的经济状况密切相关，同时也是这位作家关心民间疾苦，富于同情心的突出表现。康熙四十三、四十四两年，淄川连续大灾荒，逃难农民流离失所，饿殍载道。先生目睹惨状，忧心如捣，写下几十首饱含血泪的诗篇，表现了极强烈的人道主义精神，显示出他与农民血肉相连的关系。蒲松龄是怀有一颗救世的婆心和雄心的。他热衷科第举业，不只为了功名富贵，也想成为清官循吏，做一番利国利民的事业。这是他的另一种“孤愤”，想救民于水火却无可奈何的“孤愤”。康熙四十六年（1707），与上述大灾只隔一年，皇帝玄烨南巡，经过山东。山东巡抚赵世显等大搞迎送，“耗金百十万”，为此把赋税增加一半，大肆搜刮，以至农民把所剩谷物全拿去交税还凑不够数。蒲松龄为此写了一首《齐民叹》，痛陈其害，直言不讳，是对赵世显等地方大员的尖锐讽刺与抨击，喊出了广大山东人民的心声。

蒲松龄受过系统的儒家教育，其思想支柱是孔孟之道和三纲五常等封建道德观念。但他讲究操守，热心世事，为人正直，富于正义感，把“仁爱”“忠孝”“信义”等儒学教义看得十分认真，奉为自己的社会理想。这就不可避免地与黑暗腐败的官场、乌烟瘴气的现实发生矛盾。他痛恨贪官污吏、恶霸豪绅，憎恶种种恶劣的世风，尽管理性主张“忍辱”，疾恶如仇的性情却使他常常忍耐不住，情不自禁地站出来，为被压迫、受欺凌的弱者讲话，打抱不平。此即所谓“感于民情，则怆恻欲泣，利与害非所计及也。”[①]他在宝应做幕宾时，与知县孙蕙结下比较深厚的友谊，对那些过往的王公大臣及其爪牙凌辱这位七品父母官的跋扈行径颇感愤慨，对孙蕙为保护百姓顶撞一位使者的“强项”精神深为赞许。后来孙蕙调到京城，做了户科给事中，他的族人仗其权势，横行乡里，欺压良善。蒲松龄对此又气愤又痛心，写了一封很长的《上孙给谏书》，直陈其事，言辞“辣于姜桂”，使孙蕙“得书惊叹”，不得不约束族人，而两人从此也就再无来往，无言而断交了。康熙四十八年（1709），淄川漕粮经承康利贞“妄派杂费银两”，以饱私囊，民愤很大。七十一岁高龄的蒲松龄同他进行一场不屈不挠的斗争。诸如此类，清楚地显出先生的品德和为人。

五

由于孩子们渐次长大，蒲松龄的家境也日趋好转，到他七十一岁撤帐归来，已是相当富裕的小康之家，有“养老之田五十余亩”，儿辈代为“均输国课，不使租吏登门”，因而得

① 《与韩刺史樾依书，寄定州》，《蒲松龄集》，第134页。

以“栖迟偃仰，抱卷自适，时邀五老斗酒相会，以叙生平，话间阔，差可自娱。”[①]

蒲氏晚年不仅经济条件较好，由于不再追求功名，心胸也更开阔：“世事年来方阅尽，眼中只觉海天宽”（《春日》）；“穷途返后名心死，但求一身佳耳”（《齐天乐》）。不过，蒲氏晚年只是不再追求自己的功名，并非轻视功名，所以每当想起一生未能登第出仕，就不免产生淡淡的悲哀。七十一岁，与郢中诗社旧友张笃庆、李希梅一起被荐为乡饮介宾，他感到是命运对他们的嘲弄，作诗叹道：“忆昔狂歌共夕辰，相期矫首跃龙津。谁知一事无成就，共作白头会上人！”[②]第二年长孙蒲立德进学，他高兴之余也写出这样的诗句：“微名何足道！梯云乃有自……无似乃祖空白头，一经终老良足羞。”（《喜立德采芹》）正因为依然看重功名，故于康熙三十七年（1698）十二月曾以探花及第的黄叔琳来任山东学政以后，乃向这位“模楷人伦，陶冶后进”，被济南“后人比施愚山先生祀五贤祠”[③]的黄大宗师呈递书启，一面表示自

① 《柳泉公行述》，载《蒲松龄集》，第1819页。

② 《张历友、李希梅为乡饮介宾，仆以老生参与末座，归作口号》，《蒲松龄集》，第631页。

③ ［清］成瓘：《济南府志》卷三十七，道光二十年（1840）刊本。

己“骥齿已安于伏枥”，一面又说“葵心尚切于倾阳”（《上昆圃黄大宗师启》），幸蒙这位宗师“华衮之褒”，遂得于七十二岁（岁次辛卯[①]）考取岁贡生的功名。他在年前大冷的冬十月，不顾年迈，冲风冒雪“奔驰青州道中”（《柳泉公行述》），兴冲冲地参加了考贡，随即得授儒学训导的虚衔，说不上夕阳无限好，确实已经近黄昏了。

蒲氏晚年虽然安乐，却好景不长。不仅自己老况有加，幼孙也连“以痘殇”；到七十四岁老妻病故，他更觉凄寂，写出“迩来倍觉无生趣，死者方为快活人”的诗句（《悼内》）。一年多以后，在他刚交七十六虚岁的正月二十二日，就与世长辞了。

“披萝带荔，三闾氏感而为骚”；搜奇抉怪，柳泉公作而成癖。屈原满怀爱国之情，不为楚怀王所用，被放逐江南，借神灵花木之奇倾吐积郁，书写情怀。蒲松龄抱奇才而不见用，历尽艰辛，以狐精鬼魅之幻讽喻时事，寄托理想。两者时代不同，遭遇不同，思想差别也很大，但有一点却十分相似：满怀孤愤著奇书。

① 此据《淄川县志》。参见拙文《蒲松龄辛卯岁贡考》，载《文史》第15辑。

第二章　神怪、现实相映生辉

一

早在魏晋南北朝时期，我国文言小说（或称古体小说）就明显地分为“志怪”与“志人”两大系统。志怪小说的代表作是晋代干宝的《搜神记》，志人小说的代表作是南朝宋代刘义庆的《世说新语》。自唐至清，两大系统各自发展，也互有交叉。到《聊斋志异》，多数作品写鬼写妖，“搜奇抉怪”，虚诞、幻异成分占很大比重，从这方面看，自然属于志怪系统。历代志怪小说都有佳作。但总的说来成就不高。宣传宗教迷信的多，讽喻人情、世事的少；称道奇异灵怪的多，富于生活气息的少；单纯记录传说的多，文人改造、加工的少。《聊斋志异》从根本上改变了这种状况，除去某些单纯记录传说的短作，多数较有规模的作品或是蒲松龄在民间传说基础上大力改造、加工而成，或是根据现实或理想需要的艺术造作，具有明显的现实性与浓郁的人情味儿，是神怪与现实的巧妙结合，幻想与理想的艺术统一。

《聊斋》的另一个来源是传奇。传奇吸收了史传的长处，至中唐逐渐成熟，不仅出现了《枕中记》《南柯太守传》等寓意型作品，更产生了从《任氏传》《离魂记》《李章武传》到《柳毅》《裴航》《文萧》等多篇神异的美情作品，“篇幅漫长，记叙委曲”，且为文人“意识之创造”[①]，晚唐渐衰，成强弩之末。经过五代及宋元低谷，至明《剪灯新话》复兴，而文笔冗弱。蒲氏《聊斋志异》出，虽有“一书而兼二体”（笔记与传奇）之嫌，却“用传奇法，而以志怪，变换之状，如在目前”[②]，超出历代文言小说，成为这一文体的艺术高峰。

清代人笔记有这样的记载：蒲松龄为了搜集民间的神话传说，每天早上在大道边铺上芦席，备好烟茶，邀请过往行人谈奇说怪，长达“二十余寒暑”[③]。这当然只是传说，不可当真。但蒲松龄喜爱民间故事，为搜集怪异传闻花去大量心血和

---

① 鲁迅：《中国小说史略》，人民文学出版社1958年版，第50页。
② 鲁迅：《中国小说史略》，人民文学出版社1958年版，第167页。
③ 邹弢：《三借庐笔谈》卷三，清光绪十一年（1885）申报馆刊本。

劳动则是确定无疑的。《聊斋自志》说得明白：他像晋代干宝那样“雅爱搜神”；像宋代大文学家苏轼那样“喜人谈鬼”，而且“闻则命笔，遂以成编”，天长日久，“集腋成裘”。如此创作的《聊斋志异》，从民间口头文学中汲取了丰富的养料，凝结着人民群众的创作智慧。此乃成就这部古典名著一个不可忽视的要素。

在全书近五百篇作品中，有一部分基本上就是传说的原貌。其中四十几篇在末尾或开头都注明了故事的来源或讲述人。如第一篇《考城隍》，开篇就交代是写作者姐夫的祖父宋焘之事；结尾又说，宋焘有自己作的小传，《考城隍》所记就是小传的大概。《侯静山》注明是高念东讲的，《龙》第四则的讲述人是袁宣四。《鸟使》写的故事，“长山吴木欣目睹之”……诸如此类，不一而足。这些人多是蒲松龄的亲朋故旧，一般不会是假托。既然写明讲述人，也就不会大增大减，改得面目全非（唯毕怡庵“讲述”的《狐梦》是个例外）。另有一些篇章记述的故事在别人写的书中也有记载。《王者》《小猎犬》《张贡士》等十多篇与王士禛《池北偶谈》相应各篇所记略同。《王六郎》中水鬼、渔夫相好的故事，在民间流传比较广泛，故在时隔多年、地逾万里的张泓《滇南忆旧录》中也有记述，内容大同小异。这也说明，两者都是按照民间传说的本来面貌记述的。此外，还有《农人》那样的作品，类似的故事至今还在民间流传：农夫穿蓑戴笠正在锄地，忽听有人叫道："躲躲，过大人了！"农夫抬头一看，并没有人，只见一只黄鼠狼骑着一只兔子横在前面。他抡锄把兔子打死，黄鼠狼逃了。中午回村，听说某家妇女被黄仙迷住，口中念念有词："头戴尖尖塔，身穿梭子甲，手使弯钩枪，打死我一匹马。"农夫也跑去看，还是那身穿着。那妇女一见，大叫一声："不好！他又来了！"随即醒来，恢复了常态。[①]原来还是那个黄鼠狼作怪。再看《农人》的故事：农夫在山下锄地，狐狸偷吃他的剩饭，被他挥锄赶打，落荒而逃。数年后，某女被这狐精迷惑，无法解脱，后来请来那位农夫，穿戴亦如当年，手持锄头，大声吆喝，吓得妖狐狼狈逃窜，一去不返。这两个故事不仅思想倾向相同——歌颂农夫，嘲笑妖物，情节结构也极其相似，如出一辙。由此可以断定，《农人》的故事就是民间传说的本来面貌。

不过，上述保持了传说原貌的志异之作，只有《王者》《王六郎》等少数几篇出类拔萃，价值较高。此外多数篇章字数少，分量轻，情节简单，迷信成分也时有所见，思想与

① 参见拙文：《〈聊斋志异〉本事旁证辨补》，《蒲松龄研究》1989年第1期。

艺术价值多逊于大篇佳作。构成《聊斋》主干的不是这一类，而是由蒲松龄重新创造的那些作品。从产生过程和创作方法上看，又可分为两种类型：把神怪现实化和把现实神异化。下面分别加以讨论。

前面说过，《聊斋志异》的多数作品是有神怪传说作基础的，除去一部分属于传说的如实记录，大部分都经过蒲松龄的改造和发展，面貌发生了很大变化，或讽喻社会，或表现人情，或寄托理想，或赞美人生，从而加强了思想性和现实性，把原来的神怪传说现实化了。《香玉》就是明显的例子。根据清代人笔记《劳山丛拾》记载[①]，山东流传这样一个民间故事：劳山上清宫烟霞洞前有一棵高大的白牡丹，前明即墨蓝侍郎来游此地，看中这花，准备移到自家园中，但未明言；这天夜里，宫中道士梦见一个白衣女子来同他道别，并预告回来的日期；第二天蓝侍郎派人来移花，道士觉得奇怪，就把梦中相约的日期记在墙上；到了那天，道士又梦见白衣女子，说她已经回来了，早晨起来一看，原来种植牡丹的地方果然长出花来，"含苞怒放"，而蓝家园中那株牡丹已经枯死[②]。故事中的劳山就在即墨境内，蓝侍郎也实有其人，名蓝章，字文

① 劳山，即今山东崂山。

② 蒋瑞藻：《小说考证》卷七，古典文学出版社1957年版，第174页。

绣，明成化二十年（1484）进士，做过陕西巡抚，由于镇压农民起义有功，升任南京刑部右侍郎，后告老还乡，人称“蓝侍郎”[①]。不知是劳山道士，还是当地民众编了那个牡丹托梦的故事，流传开来。《聊斋志异》的《香玉》就是用这个故事作本事创作的。作品也是写的那株“高丈余”的白牡丹花，也有“即墨蓝氏”移花的情节。不论《丛拾》产生于何时，其所记述的白牡丹托梦道士的传说肯定产生于《聊斋》之前，很可能在明代即已流传。

不过，《香玉》与本事大不相同，全文是美丽、曲折的爱情故事：黄生在劳山下清宫读书，同一个名叫香玉的白衣女郎痴情相恋。一天夜里，女郎来找黄生，神情惨淡，说要与他“长别”了。黄生问她到哪里去？她只哭不说。第二天，即墨蓝氏来游劳山，挖走宫前那株高大的白牡丹花，黄生这才恍然大悟：原来香玉是花妖。但他对她十分钟情，听说白牡丹到蓝家以后很快就枯萎了，他又懊恨，又伤心，作哭花诗五十首，日日临穴而哭。他的痴情感动了香玉的女伴——由耐冬变化的绛雪，也感动了花神，“使香玉复降宫中”。原来生长白牡丹的地方发出新芽，黄生每天浇灌，并做栏防护，一年后牡

① 参见［清］林溥撰修《即墨县志》卷九，同治十二年（1873），即墨县署刊本。

丹重开，香玉复活。两人重聚，相亲相爱。黄生死后也化为牡丹，生长在白牡丹之侧，后被小道士砍去，白牡丹憔悴而死，耐冬亦死。小说所写的故事不仅比本事生动、委曲、复杂、充实，而且有了全新的思想、全新的内容和主题。牡丹托梦的故事无非显示花妖的灵异，别无深意，对倚势移花的蓝侍郎也没有明显的贬斥之意。白牡丹虽化为白衣女子，只在道士梦中出现，并未过上人的生活，缺乏现实感和人情味儿。《香玉》不然，女主人公是个感情热烈的青年女性，对黄生一片痴情，生死不渝，整个作品就是一首爱情的颂歌，具有亲切的现实感和浓郁的人情味儿。这就把神怪传说现实化、人情化了，赞美了人和人生，也表现了生活理想。就是那个挖走牡丹的蓝某也成了破坏爱情的不光彩角色。

综观《聊斋志异》，用这种把神怪现实化的方法创作的小说不在少数，当时南方还迷信五通神和青蛙神，北方迷信狐仙，有不少宣扬这些神仙怪异的故事在民间流传，至于鬼的传说就更多。蒲松龄往往采取一端，加以改造，讽喻、表现生活中的人情世态。例如两篇《青蛙神》，前一篇写蛙神之女下嫁人间，是情味十足的人情小说。后一篇借蛙神的灵威惩治有钱的吝啬鬼，是地道的寓意小说。两者都把神怪现实化了。

蒲松龄还翻改古书中的怪异故事。《种梨》《续黄梁》《凤阳士人》等篇都能从六朝志怪或唐代传奇中找到本事、渊源。此等翻改作品也是把神怪异说现实化。《种梨》原是由《搜神记》中徐光种瓜一则改写而成。原文只有几十字：徐光会法术，一次向人讨瓜，瓜主不给，他就作起法来，当场种瓜，并把所结的瓜赐给观者，瓜主回头一看，自己的瓜不见了。这故事旨在显示徐光法术之灵，别无寓意。《种梨》扩充为四百多字，把卖梨人写成既吝啬又蛮横的小人，讨梨的道士是个衣衫褴褛、令人同情的苦人，后者最后用法术将前者的梨散给大家，是对鄙吝小人的惩戒，大快人心。这就使作品有了鲜明的思想性和现实性。

二

蒲松龄通过搜奇抉怪，写鬼写妖，熟练地掌握了神怪幻想的艺术形式，为了深刻、有力地讽喻社会与人生，有时自己也杜撰神怪故事。就是说，有些作品所用的素材、本事本来没有怪异成分，只是作者耳闻目睹或亲身经历实在的生活，小说中的神灵鬼异纯系蒲松龄的造作和虚构。这与《香玉》《种梨》把神怪现实化的情况不同，是把现实神异化，是现实与怪异结合的又一种方法。《公孙夏》、《念秧》（第二篇）、《狐梦》、《盗户》等就是这样创造的。仕途黑暗、混沌，功名、官职都可用钱来买，所谓“捐纳”，卖官鬻爵的王侯公卿大有人在。《公孙夏》就是讽喻这种现实的。一个国学生准备进京捐个知县，还没动身，就病倒了，睡梦中有鬼客公孙夏来访，自称是“十一皇子座客”，谓国学生阳寿已尽，如果肯花大钱，可以替他在阴间谋个城隍官职，死后即可做官享福。国学生醒来，让家人大买纸钱锡箔，“日夜焚烧，灰高如山”，随即被带到阴间赴任。他为了炫耀，带了许多车辆人马。不料途中碰到关帝，让他书写“乡贯姓名”，他写的字“讹误不成形象”。关帝大怒，即刻派金甲神去捉卖官的主儿，把国学生痛打一顿，逐还阳世。这篇作品寓意鲜明，情节奇幻，写鬼写神写冥府，有很浓的神异色彩。但它不是根据神鬼传说创作的。其本事原是一件有关真人郭琇的逸闻。看篇末“异史氏曰”：

吾乡郭华野先生传有一事，与此颇类，亦人中之神也。先生以清鲠受主知，再起总制荆楚。行李萧然，惟四五人从之，衣履皆敝陋。途中人皆不知为贵官也。适有新令赴任，道与相值，驼车二十余乘，前驱数十骑，驺从以百计，先生亦不知其何官，时先之，时后之，时以数骑杂其伍。彼前马者怒其扰，辄诃却之。先生亦不顾瞻。至一巨镇，两俱休止。乃使人潜访之，则一国学生，加纳赴任湖南者也。乃遣一仆召之使来。令闻呼骇疑；及诘官阀，始知为先生；悚惧无以为地，冠带蒲伏而前。先生问："汝即某县县尹耶？"答曰："然。"先生曰："蕞尔一邑，何能养如许驺从？履任，则一方涂炭矣！不可使殃民社，可即旋归，勿前矣。"令叩首曰："下官尚有文凭。"先生即令取凭，审验已，曰："此亦细事，代若缴之可耳。"令伏拜而出。归途不知何以为情，而先生行矣。世有未莅任而已受考成者，实所创闻。盖先生奇人，故有此快事耳。

仔细阅读，即知《公孙夏》正文乃由郭华野逸事变化、生发而创作的，逸事乃是正文的本事。郭华野，名琇，"山东即墨人，康熙九年（1670）进士"，后授吴江知县，"居官七年，治行为江南最"；擢御史，不畏权贵，疏劾而罢大学士明珠等多人，官至左都御史。后以被诬罢归[①]。其"再起"则于康熙三十八年（1699），"六月，以郭琇为湖广总督""令驰驿赴任"[②]。途中乃有所传罢免赴任县令之事。正文与逸事的买官

① 参见《清史稿》卷二百七十本传，中华书局1977年版，第1003、1004页。

② 印鸾章编：《清鉴》，上海书店1985年影印本，第266、267页。

主人公均为监生即国学生。逸事中的县令，正文改升冥官城隍。卖官的既为阴司贵官，处置此事的也就将郭琇这个“人中之神”改为真神关帝。两个买官者赴任炫耀如出一辙，关帝与郭琇斥炫耀者之言也相差无几。郭琇曰：“蕞尔一邑，何能养如许驺从？”关帝曰：“区区一郡，何直得如此张皇？”凡此种种，可见正文确为蒲氏据逸事而造作。逸事原无买官情事，正文将其神异化，大写十一皇子出面为贵官标卖城隍之职，以影射世间此等丑事，同时显示国学生买官心切，死做城隍也求之不得。世间处分炫耀县令，最多就是罢职为民；关帝处置就大不然，虽说“干进罪小”，还是要重笞五十，“臀肉几脱”，以解作者与百姓对此等辈凭钱“加纳”之官作威作福、仗势欺人的怨气。至于这位真定的新任城隍“以彩舆迎其美妾”，死而不回，致使其“清夜所难堪”，自然也是作者利用虚诞之便对买官之辈的嘲讽和惩罚。由是可知，神异与虚幻对《聊斋》创作之用甚多。

这种把现实神异化的作品远不止三五篇，除去前面谈到的《念秧》《狐梦》之类，还有《叶生》《司文郎》《于去恶》《贾奉雉》《考弊司》《饿鬼》等抨击科场、考官、学官之作，都是根据作者丰富的经验和深切的感受创作出来的，为了抒写自由、寓意便利就假托鬼魂、借助冥府，把现实神异化。还有《王十》《王大》《鸮鸟》《狐谐》《绛妃》《胡四相公》诸多篇章，或从作者的感受出发，做出奇幻的虚构；或以现实的传闻为本，杂入神怪成分，都是现实神异化的艺术成果。

蒲松龄就是这样创作《聊斋志异》的：把神怪故事现实化，把现实情事神异化。两种方法不同，却殊途同归。都达到神怪与现实的巧妙结合，相映生辉，从而大大提高了神异小说的审美价值和艺术魅力。这样创造的大量作品，与六朝志怪大有分别，比唐人传奇也有所发展。

神怪幻想不同于科学幻想，与神道迷信既有区别，又相联系。蒲松龄是个信守孔孟之道的儒生，但也受了佛家和道家的思想影响。据他自己说，在他出生的时候，其父蒲槃梦见一个“病瘠瞿昙偏袒入室，药膏如钱，圆粘乳际。寤而松生，果符墨志”。从而怀疑自己是和尚转世[①]。他有时不仅相信天命，在某种程度上还相信轮回和因果报应，甚至说：“非祖宗数世之修行不可以博高官，非本人数世之修行不可以得佳人。”（《毛狐》“异史氏曰”）这种思想状况，不能不使《聊斋志异》的部分作品带有不同程度的迷信色彩。首先是

① 蒲松龄：《聊斋自志》，三会本《聊斋志异》卷首。

那些单纯语怪的笔记小说，如《喷水》《咬鬼》《龙》《梓潼令》《衢州三怪》之类，除了表明有鬼怪存在以外，没有别的意思；其次是那些旨在显示因果报应的作品，如《果报》《李司鉴》等，虽然寓有惩治恶徒的苦心，同时又都宣扬了“冥报”和“天谴”，而像《蹇偿债》，写穷人变驴偿还前生所欠富人的债务，不仅荒诞不经，还带有明显的阶级局限。此外有些比较优秀的篇章，也杂入这样那样的迷信因素，有损作品的价值和力量。当然，这些都是作品次要而琐细的方面，白璧微瑕遮挡不住全书灿烂的思想光辉。

第三章　刺贪刺虐入骨三分

一

1962年，当代文学巨擘郭沫若为蒲松龄故居题写一联："写鬼写妖高人一等，刺贪刺虐入骨三分。"对《聊斋志异》的思想价值和艺术成就做了中肯的评价和精辟的概括。"刺贪刺虐"是这部奇书的一个重要主题。许多篇章的矛头直接指向腐败、暴虐的封建官府，意象震撼，语言犀利，对残害百姓的大小官吏痛下针砭，脍炙人口。此等作品在古体小说（此从程毅中先生说，原多称为文言小说）中甚属罕见，而于《聊斋志异》中屡见不鲜。此乃这部奇书成为古体小说巅峰之作的重要因素。

看其《梦狼》，写知县白甲之父做一怪梦，得见儿子的冥中衙署：门前"巨狼当道"，署中"堂上、堂下，坐者、卧者，皆狼”，墀中“白骨如山”，待客以狼衔死人“聊充庖厨”；随后又见两金甲猛士“努目”而入，“出黑索索甲”，白甲顿时扑地化为“牙齿巉巉”的虎，猛士以巨锤锤其齿，“虎大吼，声震山岳”。白翁大惧而惊醒。这是一幅阴森可怖的官虎吏狼图，以隐喻的笔法揭示其时官府的凶残本相。用文字写出这幅图画并不难，难在对封建官府本质的认识。没有深切体验和认识，就不可能写出这幅图画。作者在“异史氏曰”中说：“窃叹天下之官虎而吏狼者，比比也——即官不为虎，而吏且将为狼，况有猛于虎者耶？”这就是作者对当时天下官府的深刻认识：“官虎吏狼”不止白甲一处，而“比比”皆是。可见蒲松龄在很大程度上看到了贪官污吏的普遍性，并对这班虎狼之官深恶而痛绝之。出于这样的认识和感情，乃在《梦狼》中先借“盗”的力量斩决“蠹役满堂”不知悔改的白甲一伙，“为一邑之民泄冤愤”；后借神的妙手为“捐家济贫”的白翁之逆子续头颅，以报白翁之厚道，同时又使贪官“以肩承颔”“目能自顾其背，不复齿人数矣”。不但如此，也正是出于上述认识和感情，他在《聊斋志异》中对贪官污吏、昏官恶吏大写特写，反复抨击，极尽嘲讽、笑骂之能事，从而造成一大批思想性、社会性极强的优秀篇章。《梦狼》之外，突出的还有《席方平》《促织》《续黄粱》《红玉》《向杲》《鸮鸟》《鸟语》《维水狐》等。

《席方平》写一场阴间的冤狱官司。老实憨厚的席廉与羊姓财主不和。羊某死后，贿赂鬼吏，将席廉捉到阴间，下狱拷打。席廉的儿子席方平魂游地府，投状上告。由于城隍、阎王受了贿赂，谁也不肯为之申冤。反倒对他施加阴间的种种酷刑。席方平熬刑不死，坚强不屈，继续上告，后来多亏上帝九王和灌口二郎两位天神主持公道，才得昭雪，贪赃枉法、“人面兽心”的阎王一伙受到严惩。阴司和天神自然都是不存在的。但作品所表现的人情事理却是真实的，与生活中的冤狱十分相似。作者借助宗教的鬼神之说，创造一个幻想的艺术世界。以阴间隐喻阳世，以阎王、城隍影射贪赃舞弊的大小官吏，从而批判现实的官场。不过，传说中种种阴司的刑罚远比阳间酷烈，正可借此锻造反抗官府的硬汉形象。看对席方平受刑的描写：

> 俄有皂衣人唤入。升堂，见冥王有怒色，不容置词，命笞二十。席厉声问：“小人何罪？”冥王漠若不闻。席受笞，喊曰：“受笞允当，谁教我无钱耶！”冥王益怒，命置火床。两鬼捽席下，见东墀有铁床，炽火其下，床面通赤。鬼脱席衣，掬置其上，反复揉捺之。痛极。骨肉焦黑，

苦不得死。约一时许，鬼曰："可矣。"遂扶起……冥王问："敢再讼乎？"席曰："大冤未伸，寸心不死，若言不讼，是欺王也。必讼！"又问："讼何词？"席曰："身所受者，皆言之耳。"冥王又怒，命以锯解其体。二鬼拉去，见立木，高八九尺许，有木板二，仰置其下，上下凝血模糊。方将就缚，忽堂上大呼"席某"，二鬼即复押回。冥王又问："尚敢讼否？"答云："必讼！"冥王命捉去速解。既下，鬼乃以二板夹席，缚木上。锯方下，觉头脑渐辟，痛不可禁，顾亦忍而不号。闻鬼曰："壮哉此汉！"锯隆隆然寻至胸下。又闻一鬼云："此人大孝无辜，锯令稍偏，勿损其心。"遂觉锯锋曲折而下，其痛倍苦。俄顷，半身辟矣，板解，两身具仆。鬼上堂大声以报。堂上传呼，令合身来见。二鬼即推令复合。鬼使行，席觉锯缝一道，痛欲复裂，半步而踣。一鬼于腰间出丝带一条，授之，曰："赠此以报汝孝。"受而束之，一身顿健，殊无少苦。

此等惨烈笔墨、惨烈场面突显的惨烈、刚强壮汉登峰造极，无以复加。古体小说无有，近体小说（即古白话小说）亦不得见。只有大写阴间冤案的《聊斋》此篇才摹绘得出。此乃柳泉公的惊心动魄之笔。无论火床之痛，锯解之苦，无人经见，自然也无一笔写实，但却笔笔如实，人人首肯，摄人心魂，动人肺肝。塑造此等空前绝后的严肃形象，在中国小说史上唯此一篇，人物也唯此一个，价值也就不言而喻。

在民间传说中，阎王是铁面无私的。在蒲松龄笔下却成了典型的赃官酷吏。最初听到席方平对城隍的控诉，他煞有介事，“立拘质对”；后来得到羊姓与城隍的贿赂，即刻变脸，不问青红皂白，对席连用酷刑。席方平不屈，还要上告。他心虚了，又用小恩小惠拉拢、安抚，分明是个残酷、无耻的官僚市侩。如此阎王是蒲松龄的独特创造。值得称道的是，作品在抨击贪官、酷吏的同时，还写出封建官府与地主豪绅之间的关系：前者是后者的靠山，又是为后者服务的，如二郎神对羊姓的判词所说：“金光盖地，因使阎摩殿上尽是阴霾；铜臭熏天，遂教枉死城中全无日月。余腥犹能役鬼，大力直可通神。”从而在客观上揭示了封建官府的阶级实质。

如果把《席方平》与《红玉》联系起来，加以对照，有助于了解前者的思想内容和社会意义。《红玉》的故事是这样的：狐女红玉与穷书生冯相如相爱，由于冯父的反对，被迫分手。她在离去之前，出钱为冯娶个美丽的妻子。两年以后，一个做过御史的宋姓势豪在光天化日之下抢走冯妻，打死冯父。冯生怀抱婴儿四处控告，上自督抚，下至知县，全不理睬。冯妻不屈而死，冯生悲痛欲绝。有一侠客打抱不平，夜入宋家，杀死势豪及其子媳，知县立即逮捕冯生，严刑逼供，把他怀抱的婴儿抛在旷野。由于侠客又夜入县衙警告贪官，冯生才得保住性命，被释放回家。此时他已家破人亡，孑然一身：

> 生归，瓮无升斗，孤影对四壁，幸邻人怜馈食饮，苟且自度。念大仇已报，则辗然喜；思惨酷之祸，几于灭门，则泪潸潸堕；及思半生贫彻骨，宗支不续，则于无人处大哭失声，不复能自禁。

这就是贫弱的冯生在势豪与贪官相互勾结迫害之下的悲惨遭遇。其报仇与幸存全赖侠客之仗义。至于其后与儿团聚，重振家业，“类素封家”，则全靠红玉早将弃儿“抱养于秦”，今来相认，“夙兴夜寐”“白手再造”。实即作者蒲松龄的美好心愿而已。

这篇作品除去一头一尾有关狐女的虚幻内容，中间主干部分写的全是现实情事。官府对两起命案采取截然不同的态度，袒护官绅势豪，残害平民百姓的面目昭然若揭，具有鲜明的阶级性。《席方平》中的阎王、城隍与《红玉》中的督抚、知县形象相类，地位相当，前者几同于后者的化身。席方平痛斥阎罗：“受笞允当，谁教我无钱耶！”一语道破封建官府为有钱人服务的本质特征。看似完全不同的两篇作品，所表现的官府本质居然如此相同，因为那全然出自作者的认识深度。

《续黄粱》是另一篇“刺贪刺虐”的幻想小说。它与《席方平》不同，写的不是阴司，而是梦境，是刚捷南宫就想当宰相的曾某做的一枕黄粱梦。他“与二三新贵”向禅院的星相术士问卜，术士见其意气殊高，“稍佞谀之”，许以“二十年太平宰相”，曾某兴奋起来，谓其同游：“某为宰相时，推张年丈作南抚，家中表为参、游，我家小仓头亦得小千、把，于愿足矣。”随后他就进入梦乡：转眼之间一步登天，真的做了当朝宰相，皇帝召见，门第一新，权威赫赫，不可一世。先将周济过他的乡绅提拔为朝廷大员，又将睚眦过他的大臣贬为平民；醉汉冲撞了仪仗，活活打死；田产与之相接，仗势吞并；美貌女子被他看中，就派人抬来，“强纳赀于其家”。诸如此类，无恶不作。后被龙图阁学士包等参倒，充军云南，半路即为冤民所杀，死后被阎王打入地狱，受尽酷刑，转生为女，受尽冤屈。最后从梦中醒来，官也不想做了，“入山不知所终”。这种梦中为官的古小说很早以前就出现了，最有名的是唐代沈既济的《枕中记》，写一个渴望功名富贵的卢生，在旅店中道士的枕上睡了一觉，大做及第登科、升官发迹的美梦。

醒来兴味索然，恍然大悟，觉得人间荣华富贵不过是一场梦幻罢了，从此无心求取功名。卢生入梦时，店主人正在蒸黄粱米饭；梦醒之后，黄粱米饭还没有做熟。卢生的梦因而就称黄粱梦。蒲松龄以“续黄粱”为题，就是把这篇作品看作《枕中记》的续篇。它从形式到内容，受《枕中记》的影响十分明显。不过，其主要思想倾向又与那篇唐人小说大不相同。卢生在梦中是建功立业的好官、贤相。不仅受到皇帝的器重，也深受百姓的尊敬和爱戴，人们还为他树碑立传，歌功颂德。作品以此证明：不仅物质享受是过眼云烟，精神的荣誉也是空的，是虚幻的梦，全篇内容就是张扬人生如梦的思想主题。《续黄粱》不然，曾某是平步青云的市侩，横行不法的大僚，作者借助黄粱一梦揭露那些窃据高位、残害百姓的朝廷显贵，讽刺那些权倾朝野、欺君误国的王公大臣，是借梦境批判现实，有全新的思想主题和人物形象，是旧瓶装新酒。包龙图的奏疏历数曾某种种罪行，就是作者对这类现实人物所做的评判，字里行间充满仇视、痛恨之情。

《席方平》（及《梦狼》前半）和《续黄粱》，一写阴司，一写梦幻，看似不同，而抨击现实官府则同，此即写鬼写妖的《聊斋》常用的隐喻之法。

二

《聊斋》嘲讽贪官的构思是多种多样的，也是新奇、巧妙的。有些作品并不直写贪赃行径，而用烘染、衬托之法，予以表现。创造一批短小精悍、形象生动的寓意小说。《潍水狐》中的狐翁赁屋而居，自言为狐，居停主人大骇，“逢人辄道”，邑中缙绅“闻其异”，争与结交，狐翁十分热情，无不“伛偻接见”，唯独不肯见县令。主人问其缘故，狐翁“离席近客而私语曰：‘彼前身为驴，今虽俨然民上，乃饮馇而亦醉者也。仆固异类，羞与为伍。’”这里，狐翁用了唐崔令钦《教坊记》所载苏五奴故事：苏五奴妻张少娘善歌舞，亦有姿色，有邀迓者，五奴辄随之前，人欲五奴醉，多劝之酒。五奴曰：“但多与我钱，吃馇子（蒸饼）亦醉，不烦酒也。”①原来县令乃苏五奴之流的无耻之尤。异史氏曰：“驴之为物庞然也，一怒则踶趹嗥嘶，眼大于盎，气粗于牛，不惟声难闻，状亦难见。倘执束刍而诱之，则帖耳辑首，喜受羁勒矣。以此居民上，宜其饮馇而亦醉也。”驴这个比喻生动描绘出贪官污

① （明）陶宗仪等编《说郛三种》，上海古籍出版社1988年版，第3624页。“馇”，乃“馇”之讹。

吏的本质特征和丑恶嘴脸。老狐虽非人类，也“羞与为伍”，故言“以驴为戒，而求耻于狐，则德日进矣”。通篇嘲讽贪官人格卑下，耐人寻味，又令人解颐。

《鸟语》另是一种佳构：一个道士懂鸟语，传达的鸟言十分灵验，说将失火便失火，说要死小孩便死小孩。知县好奇，将他招去。适群鸭走来，呱呱乱叫，知县问：“鸭们在说什么？”道士对曰：“明公内室必相争也。鸭云：‘罢罢！偏向他！偏向他！’”知县大服。因为他刚被妻妾争吵中“喧聒而出”。遂将道士留于署中，优礼相待，“时辨鸟言，多奇中”。然而，“道士朴野”，肆言无忌，而“令最贪，一切供用诸物皆折为钱以入之”。

> 一日，群鸭复来，令又诘之，答曰：“今日所言，不与前同，乃为明公会计耳。”问：“何计？”曰：“彼云：蜡烛一百八，银朱一千八。”令惭，疑其相讥。道士求去，不许。逾数日，宴客，忽闻杜宇。客问之。答曰：“鸟云：‘丢官而去。’”众愕然失色。令大怒，立逐而出。未几，令果以墨败。

这是一篇以禽言抨击贪墨的精巧之作。禽言文学以《诗经·鸱鸮》为早，后则屡见，蒲松龄也写过四首《禽言诗》。本篇则将禽言写成小说，似不多见，只三百余字，却五写鸟语，何其从容。而前面所写三次，无关知县之贪，反贪官者只最后两次。这很像拉弓射箭，前面引而不发，直到将弓拉满，蓄足能量，一发而穿透目标，甚有力度。可见前文均关乎主旨，倘将前文删去，不仅力度大减，也不成其为小说艺术。辨识鸟语的传说古已有之，皇侃《论语义疏》所引《论释》之言：公冶长因懂鸟语而遭命案[①]，《三国志·魏志·管辂传》所记管辂因喜鹊鸣叫甚急而向县令报告东北有妇人杀夫之事[②]。蒲松龄对此等传说应很熟悉，但他能将鸟语传说与反对贪墨联系起来，并使各种鸟鸣的声音与道士译解的语音相近而和谐，则是一种颇有才情的艺术创造。如此讽贪，轻松而巧妙，非常富有幽默感。

还有一篇《鸮鸟》更为别致，写长山知县杨某趁康熙乙亥（1695）间西塞用兵之机大肆掠夺民间骡马。作品只在开头用几笔将此事实一带而过，而后集中描述一个虚构的场面：长山周边三县的知县（益都令董、莱芜令范、新城令孙），受

---

① 参见［南朝梁］皇侃撰、高尚榘校点：《论语义疏》，中华书局2013年版，第98页。

② 参见［晋］陈寿撰、［宋］裴松之注：《三国志》，中华书局1959年版，第816页。

山西二商“号愬”请托来到杨的住所，为被抢夺的骡马“缓颊”。杨请诸公吃酒，用酒令阻止他们说情。所出酒令“须一天上，一地下，一古人，左右问所执何物，口道何词，随问答之”。并首倡曰：“天上有月轮，地上有昆仑，有一古人刘伯伦。左问手执何物？答云：‘手执酒杯。’右问口道何词？答云：‘道是酒杯之外不须提。’”接着，范令谓古人是姜太公，末句落于“愿者上钩”；孙令谓古人是萧何，末句落于“赃官赃吏”。杨有惭色，沉吟半晌，乃曰：“某又有之。天上有灵山，地上有泰山，有一古人是寒山，手执一帚，道是‘各人自扫门前雪。’”众相视觍然而无语。

忽一少年，傲岸而入，袍服华整，举手作礼。共挽坐，酌以大斗。少年笑曰：“酒且勿饮，闻诸公雅令，愿献刍荛。”众请之。少年曰：“天上有玉帝，地上有皇帝，有一古人洪武朱皇帝，手提三尺剑，道是‘贪官剥皮’！”众大笑。杨恚骂曰：“何处狂生敢尔！”命隶执之。少年跃登几上，化为鹗，冲帘飞出，集庭树间，回顾室中，作笑声。主人击之，且飞且笑而去。

虚构这一场面，显系为了用酒令戏批贪官，显示其不知羞耻的嘴脸。作者设计五个酒令，杨某说了两个。其余三人应每人一个。而如赵伯陶君在其《聊斋志异详注新评》中所发现的，益都令董不仅不实，且未参与以酒令斗口，成了“多余的人”，遂为作品构思的一小纰漏，由鸮鸟所化少年道出的酒令取代了董令。这一推断不无道理。然而，鸮鸟的出现无论属于原来的构思，还是创作中临时生出的意象，都是本篇的神来之笔，为全篇文思大添异彩。用酒令批判与显示贪官，寄嘲讽、抨击于游戏之词，颇有创意，加之幻怪的猫头鹰天外飞来，道出最有力度的“贪官剥皮”，大快人心。最后还让这个“人最厌其笑”者冲着杨令“且飞且笑而去”。异史氏不禁为此欢呼：“此一笑则何异于凤鸣哉！”作品如此结尾，余味盎然，胜过由董令取代鸮鸟，文采多多。也许作者为此兴奋，也就忘却董令无所作为了。

还应指出，酒令的杜撰颇费心力，需要作者既有较为广博的文史知识，又有编创酒令的艺术本领。刘伶嗜酒如命，无人不晓，其字伯伦，知道的人就不很多了。唐代诗僧寒山多知其名，明代赵宧光有一本书叫《寒山帚谈》，知道的人就很少了，而让唐之寒山“执一帚”，就是用的这个书名。让汉丞相萧何“手执一本大清律”，似颇滑稽，而那恰是编制酒令的嫁接艺术。至于朱元璋施行“贪官剥皮”之法，史有明载。《明会要》卷四十八《职官》十八《惩贪吏》云："明祖严于吏治……赃至六十两以上者，枭首示众，仍剥皮实草。公座旁各悬一剥皮实草之袋，使之触目惊心。"蒲松龄自然掌握此等史实，将它编成酒令，赋予鸮鸟之口，以嬉笑的笔调推出情节最高潮。既有很强的思想性，又有很高的艺术造诣。

《石清虚》的构思另辟蹊径。主人公邢云飞性喜佳石，从河里捞得一块"四面玲珑，峰峦叠秀"的美石，爱如珍宝。起初将它摆在桌上，豪绅得知，登门就抢；复得以后藏于内室，又被窃贼偷了去；再得以后锁在柜里，偶尔一赏，不料有位尚书逼他献纳，他宁死不从，结果被诬陷、监禁，倾家荡产，妻儿只好献出，明年，尚书"削职，寻死"，石又辗转归邢；邢死后，以石殉葬，却被盗墓贼盗出；家人将贼送官，知县又看上那块石头，企图侵吞，"石忽堕地"，碎数十片，仍瘗邢墓。一块宝贝石头，这么多人垂涎、伸手，内有豪绅、知县和一品大员。害得无权无势的石头主人提心吊胆，受尽欺凌和折磨，死后也不得安生，那块有灵性的美石也不得安生，最后只好粉身碎骨，自毁了事。作者通过精心的构思，把社会的多种矛盾汇集在一块石头上，有力地揭露了贪戾横行的害民官僚和巧取豪夺的社会恶势力。其刺贪刺虐的主旨异常鲜明。

好石之人古已有之，著名的如唐相牛僧孺和宋代大书画家米芾。与牛相关系甚谐的白居易有《太湖石记》，谓“今丞相奇章公嗜石”“游息之时，与石为伍。石有族聚，太湖为甲，罗浮、天竺之徒次焉。今公所嗜者甲也。”这些“争奇骋怪”之石，被牛相“待之如宾友，亲之如贤哲，重之如宝玉，爱之如儿孙。”[①]这位牛相俨然一个唐代邢云飞。无独有偶，宋叶梦得《石林燕语》云：“米芾好奇，知无为军，初入州廨，见立石颇奇，喜曰：‘此足以当吾拜！’遂命左右取袍笏，拜之。每呼曰‘石丈’。言事者闻而论之，朝廷亦传以为笑。”[②]《宋史·米芾传》也说：“无为州治有巨石，状奇丑，芾见大喜曰：‘此足以当吾拜！’具衣冠拜之，呼之为兄。”[③]两者所记大同小异。异者，传闻异词也。这又是个宋代的邢云飞。蒲松龄创造《石清虚》，自然不止于受了古人好石的影响，更有毕洪亮在《〈石清虚〉的创作与西铺毕氏石隐园》（《蒲松龄研究》2009年第3期）中说的毕家三代人爱石好石的启发；蒲氏自己在毕家坐馆的数十年间写了偌多赞颂园

① ［清］董诰等编《全唐文》，上海古籍出版社1990年版，第3061—3062页。

② ［宋］叶梦得：《石林燕语》，卷十，明万历间（1573—1620）会稽商氏半野堂刊本。

③ ［元］脱脱等：《宋史》，中华书局1977年版，第37册第13124页。

中美石的诗篇，“也表现出痴迷于石的情结”。凡此种种，对创造邢云飞的形象均颇有益。不过，上述牛、米、毕三家嗜石诸公都是有财有势者，唯此异于并无财势的邢云飞，势豪、知县乃至朝廷大员都不敢对其所爱所嗜妄起觊觎之心。从这方面看，邢云飞的形象更多的倒像无财无势也无美石却痴迷于美石的作者自己。如此，作者就有了艺术想象的宽广余地，刺贪刺虐的思想方可成为《石清虚》的重要主题。

三

封建官府统治人民、压迫百姓，权力高度集中。有些官吏不仅贪鄙，而且昏聩、残暴、专横，为所欲为。《聊斋》描绘了他们的形形色色。《潞令》中的知县宋国英，为催逼赋税经常将人打死，到任百日，杀五十八人，还扬扬得意地自我夸耀，活画一个嗜血成性的残暴酷吏。《司札吏》中的游击，不过是个三品武官，却连妻妾的名字都要人避讳，让人称“年”为“岁”，将马叫“大驴”；秘书口误，偶犯其讳，他操起石砚就将人打死，狂谬、暴戾到何种程度！还有《放蝶》中的知县王斗生，爱看蝴蝶，居然要犯人按罪行的轻重“纳蝶自赎”，以至大堂上“千百齐放，如风飘碎锦”。他看着乐不可支，“拍手大笑”，把严肃的执法断案变成消遣的儿戏，何其荒唐。《郭安》中的知县陈其善审判杀人重案，不惩办凶手，而让凶手给原告当儿子，因为凶手杀的就是原告的儿子。为嘲讽这种荒谬透顶的判决，蒲松龄虚构一个故事：有人被杀，妻子上告，县令就将凶手判给原告做丈夫，理由是：你让人家守寡，我也让你的妻子守寡。

值得注意的是，《聊斋志异》所写贪官、昏官、荒唐官，并非全是虚构人物，有一部分实有其人。宋国锳，确为清代潞城县令。乾隆庚寅本《潞安府志》卷十六“职官”于“国朝”“潞城县知县”下列载其名，谓“山东东平贡士”，与《潞令》所记籍贯悉符。作者因听徐白山口头讲述，讹“锳”作“英”。《放蝶》中的王峄生，字子凉，山东长山人，崇祯十三年（1640）进士，曾任扬州如皋知县，杜文澜所编《古谣谚》卷八十三还存有如皋邑民所传有关王峄生的谣谚：“隋堤萤火辍，知县放蝴蝶。”前面论及的《鸮鸟》中的杨令，就是康熙二十八年（1689）始任长山知县的杨杰，字俊公，奉天监生，康熙三十五年（1696）挂误去职，挂误的直接原因应是所谓“市马之役”。异史氏曰：“市马之役，诸大令健畜盈庭者十之七，而千百为群作骡马贾者，长山外不数数见也。”此长山自与“数数”同列，可见掠夺之甚，大令挂误去职在所难免。至于《郭安》中的陈其善，清初顺治间宰淄川，是作者的父母官。蒲松龄将这些当地人熟知的官员劣迹写进作品，作反面主人公，不仅说明题材、内容来自民间，有生活依据，同时也说明这样一点：他之所以采取神异幻想的形式刺贪刺虐，并非害怕直写现实得罪官府，招来不测之祸，而是由于艺术表现的需要，是为了揭露更痛快，讽刺更有力。这比直写现实官场的种种黑暗有时需要更大的勇气。试想，像《鸮鸟》中那样对现实中的官吏不但直书姓氏，写出劣迹，还要大力夸张，将他漫画化；不仅让他在现实的同僚面前大耍无赖，还要驱遣神异的猫头鹰对他笑骂与嘲讽，这是何等大胆的艺术处理？

采取神异幻想的形式，不仅便于刺贪刺虐，批判现实，也便于惩贪惩虐，表达理想，表达作者与人民的愿望。当时是封建统治的强权社会，贪赃枉法之官、横行暴虐之徒往往得不到应有的惩罚，被残害、受压迫的劳苦大众有仇难报，有冤难申，富于正义感的作者满怀激愤，又无可奈何，便将希望化作彩虹，进入神奇幻想的世界。《向杲》中的豪强庄公子唆使从人打死向杲的兄长以后，广行贿赂，买通官府，逍遥法外，致使向杲报仇无路，哭诉无门，后得道士协助，化为猛虎，吞食仇人之后，又复化为人。《田七郎》中的县官为虎作伥，杖毙无辜，田七郎行刺未遂，自杀身死，卧于血泊而“手犹握刃”，待狗官前来验尸，又“崛然跃起，竟决宰首，已而复踣”，造成以尸杀官的奇幻结局。再看《窦氏》，世家子弟南三复骗奸了窦女，又将她抛弃；窦女走投无路，抱儿哭死于南家门外，其父告到官府，“南以千金行赂得免”。在这种情况下，窦女的冤魂用神异的力量对南三复复仇：使他两番议婚不成，反招大祸，终“坐发冢见尸，论死”。还有《某甲》那样的作品：某甲“私其仆妇”，又“杀仆纳妇”；其仆转世参加农民义军，破城之日，“持刀入甲家……共杀一家二十七口而去”。以上这些惩贪惩虐的艺术情节是虚幻的，超现实的，又是大快人心的，令人鼓舞。它们不同于“天谴”“冥罚”“神诛”之类报应故事，而是由被害的受难主人公自己进行斗争，报仇雪恨。这等浪漫主义的艺术幻想，能在读者心中唤起“对现实和现实的一切压迫的反抗”①，因而具有较高的艺术价值。

在“刺贪刺虐”的诸多作品中，《促织》是个独特的存在，是最深刻感人的一篇。它的大部分内容都是现实的生活场景。明宣宗朱瞻基“酷好促织之戏，遣取之江南，其价腾贵，

① 高尔基：《谈谈我怎样学习写作》，载其《论文学》，人民文学出版社1978年版，第163页。

至十数金。时枫桥一粮长，以郡督遣，觅得其最良者，用所乘骏马易之。”其妻窥看，“乃跃去，为鸡啄食。妻惧，自经死。夫归，伤其妻，且畏法，亦自经焉。”[①]为一个小虫，两条人命，何等悲惨！《促织》写的是陕西华阴，而非江南苏州，故而言明：“此物故非西产，有华阴令欲媚上官，以一头进，试使斗而才，因责常供。”既非西产，又责常供，这就成了大难题。市中游侠儿趁机笼养佳者，“居为奇货”；县令“责之里正”，而“里胥滑黠，假此科敛丁口，每责一头辄倾数家之产”。这“数家之产”比之江南的“十数金”不知又贵多少倍。本篇主人公成名是个老实的读书人，“为人迂讷”，久未进学，遂被猾胥报充里正。“会征促织”，成名既“不敢敛丁口”，又无银钱赔补，只得自己提笼去捉；捉不到，交不上，被县令反复追比，多次挨打，痛不欲生。后来好容易捉到一头可充数的，爱如珍宝，精心养护，不料被年幼的儿子不小心弄死。小儿怕父亲责打，投井自杀。夫妻面对儿子的尸体，“抢呼欲绝”，惨痛至极。上述情节构成一幅幅充满血泪的生活图画。写皇帝与官府的笔墨虽然不多，却通篇都是对他们的有力控诉。看如下情景：

---

① ［明］吕毖：《明朝小史》卷六《宣德纪·骏马易虫》，民国二十九年（1940）北京燕京大学图书馆，抄本。

成有子九岁，窥父不在，窃发盆。虫跃掷腾出，迅不可捉。及扑入手，已股落腹裂，斯须就毙。儿惧，啼告母。母闻之，面色灰死，大骂曰：“业根！死期至矣！而翁归，自与汝覆算耳！”儿涕而出。未几成归，闻妻言，如被冰雪。怒索儿，儿渺然不知所往；既得之于井，因而化怒为悲，抢呼欲绝。夫妻向隅，茅舍无烟，相对默然，不复聊赖。

是谁害这三口之家到此地步？第一自然是皇帝，是乐享太平的明宣宗朱瞻基。可朝廷斗蛐蛐的何止皇帝一人？吴伟业《宣宗御用戗金蟋蟀盆歌》前四句说：“宣宗在御升平初，便殿进览豳风图。暖阁才人笼蟋蟀，昼长无事为欢娱。”[①]这是说，朱瞻基为帝之初，还心念治国，曾于便殿张贴赵孟頫所绘《豳风图》及自己所作的长篇题诗，以为“儆励”[②]。可后来变了，连治国理政的“暖阁才人”都陪着他一起斗蟋蟀取乐。宣德九

① ［清］吴伟业撰、靳荣藩注：《吴诗集览》卷四下，清乾隆四十年（1775）凌云亭刊本。

② ［明］雷礼：《皇明大政记》卷十载：宣德六年（《宣德实录》作七年）七月“赐辅臣蹇义、杨士奇、杨荣等御制《豳风图诗》。上阅内库书画，得元赵孟頫所绘《豳风图》，因赋长诗一章，召辅臣示之曰：‘豳风，周公陈后稷、公刘致王业之由与民事早晚之宜，以告成王，使知稼穑之艰难。万世人君皆当知此。朕览斯图，为赋诗，欲揭于便殿之壁，朝夕在目，有所儆励。尔其书于图之右。’”（明万历三十年博古堂刊本）

年（1434），他一次就向苏州知府况钟敕要能斗的促织“一千个”[1]。朝中皇帝与大臣们如此荒唐，下面的知府、知县“献媚”“追比”自然也就在所难免。可见害成名一家的不只是哪一个人，而是以皇帝为首，上自朝臣、方面大员，下至县令、胥吏一整套封建官僚统治机器，是那一系列相关的大小权势人物合力作用的结果。这也正是作品思想的强烈社会性和深刻之处。随后又写小儿未死，精魂化为一只轻捷善斗的促织，被层层进给皇帝，从而解除了全家的苦难，连巡抚、知县俱得嘉奖或升迁。小儿化虫是超现实的神异情节，将已经写到尽头的现实悲剧用奇幻、浪漫之法推向高潮，使人觉得小儿所遭受的精神压迫，投井也不能解脱，从而充分写出人物心灵的悲苦，既动人心弦，又发人深思。最后成名因而发迹，也是对现实的一种讽刺。他读书多年，不能进学，贡献一头促织，就成了秀才与富人。这就显出仕途的混沌，世事的荒唐和乌烟瘴气。成名无论“以蠹贫，以促织富”，都是皇帝“酷好促织之戏”“岁征民间”造成的恶果。所以最后异史氏警示皇帝：“天子一跬步皆关民命，不可忽也。”

《聊斋志异》刺贪刺虐的篇章，不止这些，《刘姓》《梅

① 参见《皇明诏令》，明刻增修本。

女》《张鸿渐》《商三官》等都有这方面的内容。有些爱情题材的作品，如《伍秋月》《连琐》《章阿端》等，也嵌入鬼卒勒索钱财、调戏妇女一类情事，在人情小说中配置寓意的思想结构，讽喻衙役的恶劣行径。此即所谓复调小说，是蒲松龄的艺术创造。限于篇幅，这里就不多谈了。

应该指出，蒲松龄是从一个正直儒生的立场、观点批判贪官、酷吏、土豪劣绅的，虽满怀愤慨、情词激烈，但并不像某些评家说的“具有反封建性质”。他的政治理想是儒家的仁政。这种理想只能寄托圣明君主和方正、廉明的清官身上。《聊斋志异》在刺贪刺虐的同时，也歌颂了一批清官、好官、明白官。有“刚介有声”，敢把耗费民财的城隍土偶曳倒在地，责打二十大棍的知县（《吴令》）；有正气凛然，敢同庇护贪官，摊派赃款的上司直言相抗的州同知（《一员官》）；更有断案细心、体察民情的施愚山（《胭脂》）、费祎祉（《折狱》）、周亮工（《诗谳》）、石宗玉（《新郑讼》）等。尽管如此，蒲松龄对封建官场的批判与抨击还是强烈而深刻的，具有很强的人民性，是他痛恨邪恶势力、同情百姓疾苦的表现，也是《聊斋》最重要的思想精华。就是讴歌爱民官吏之作，也各有其思想和艺术的价值。而像《胭脂》《折狱》《诗谳》等篇着重表现断案的智慧来自断案人的周密调查和良苦用心，这对今天的执法断案也是有借鉴意义的。作品矛盾复杂，情节曲折，波澜起伏，引人入胜。尤其是《胭脂》，先后经过三官审断，方才水落石出，一步一层天，极富戏剧性，被改成多种地方戏，还被拍成两部电影，是全书中被搬上舞台、银幕次数最多的一篇，受到广大观众的欢迎。

第四章　抨击科举痛快淋漓

自隋唐迄于清初，科举推行了一千多年，八股取士也施行了近三百年，而在《聊斋志异》之前，小说可谓汗牛充栋，却未得见揭露、抨击科举弊端的得力之作。沈既济《枕中记》等慨叹人生如梦，几乎不关科举。唯明初瞿佑撰《修文舍人传》，写“博学”“英迈”之士夏颜，生不得志，死后被冥府任为修文舍人——“颜渊、卜商旧职也”①，说了几句人间可以“贿赂而通”“门第而进”的愤懑之言，可算作者对科举弊端的不平之鸣。再过三百年，《聊斋志异》出，“文名藉藉”的作者蒲松龄走了大半生应考求官的仕进之路，却始终郁郁不得志，直到七十二岁才得了个岁贡生的功名，被授予儒学训

① 《杜诗镜铨》卷十二《闻高常侍亡》于“何殊地下郎”下注曰：“王□（隐）《晋书》：苏韶仕中牟令，卒，韶伯父子节梦见韶言：颜回、卜商现在为修文郎。”

导，有名无实。这种经历和遭际使他对混沌的明清科举具有比较清醒的认识和深切的感受，看到其中的种种弊端及相关人物的形形色色。揭露这些弊端，显示各色人物，以神异奇幻之笔痛快淋漓地抨击科举，造成《聊斋志异》又一批意味隽永、光彩烂漫的名篇佳作，也是该书超越历代古体小说成为艺术高峰的重要因素。

一

明清两代，特别是明成化以后，以八股文取士乃成定制。八股文又称时文、时艺、制义，因题出自四书，又称四书文。较比以往，闱墨有两点特别要求：一是“代古人语气为之”，即所谓“代圣贤立言”；二是“体用排偶，谓之八股”[①]，“入手”后面的四段议论正文每段须有两股排比对偶文字，合共八股，类乎骈文。会作这类时文八股的人不一定有真才实学，有些中过举人、进士即所谓“两榜出身”的试官缺乏鉴别文章高下的能力。另一方面，像蒲松龄那样才华横溢的文学大家，应考的文章未必尽合八股要求，更难于超过专务时

① 参见《明史》卷七十《选举二》，中华书局1974年版，第6册第1693页。

文八股的考生。这正是明清科举制度的腐朽性、落后性决定的，不只是个别试官的问题。蒲松龄身在考生之中，认识自然受到限制，因而着力抨击昏聩的试官。当然，试官的昏聩也是科举制度腐朽的重要方面，对他们的抨击在客观上也是对科举的一种批判。《聊斋志异》中的这类作品特别引人入胜。作者利用丰富的生活经验和高超的艺术想象力翻出了多种新花样，创造了许多新形象。《贾奉雉》《司文郎》《于去恶》都是其中的代表作。

《贾奉雉》的主人公颇负才名，却屡试不第。一个姓郎的秀才说他的文章作得太高，试官欣赏不了，所以不能被录取，要他以后把文章降格，俯就试官，并指定两篇“贾氏鄙弃”之文“以为标准”。贾生不肯照做，也做不来，结果仍名落孙山。后来他将落卷中一些“阘茸、泛滥、不可告人之句”戏缀成文，却被郎生以为“得之”，并施展法术将它牢牢固定在贾生的头脑里，使其入场后对别的文章一概茫不记忆，只好将这篇东西写出充数，结果反倒高中。贾生事后“又阅旧稿，一读一汗”，深觉惭愧，无地自容，便随郎生入山学道去了。这样的郎生与法术自然是不存在的，由此生出的情节、画面、艺术内容带有明显的幻想性和讽喻性。但它又是真实的、深刻的，对现实科举的某种本质具有很强的表现力，不仅把科第的混沌、试官的昏聩显示得异常充分，无以复加，也否定了八股文本身。郎说：“帘内诸官，皆以此等物事进身，恐不能因阅君文，另换一副眼睛肺肠也。”这说得何等明白，靠“此等物事”进身的不是个别试官，而是所有试官，所以他们看“此等物事”的“眼光肺肠”都是一样的。“此等物事”不言而喻，就是让帘内诸官皆中进士的时文八股。作品将它贬为“阘茸、泛滥、不可告人之句”，正是对八股文的极度讽刺，如明吴麟征称之为“龌龊八股”，旋即“攒眉弃去”一般[1]。贾又问郎：“何不自谋？”郎又说：“某唯不作此等想，故能不读此等文也。”这说得更加明白，只有不参加科举考试的人，才能不读此等八股。本篇深刻之处，就在这段既讥讽八股又讳言八股的奇妙文字。

结尾“异史氏曰”又附记明末一则传闻：崇祯年间，临川陈际泰应试，文章写成后，自觉做得太高了，无人“识得”，就弃去另作，因而得中，“以故闱墨不及诸稿”。陈际泰，字大士，明末时文大家，“一日可二三十首，先后所作近万首，经生举业之富，无若际泰者”；其文“流布海内，效学者皆早掇科第，而大士久而不遇”，至崇祯三年“始举乡试”，四年

---

① 《答倪鸿宝》，载《吴忠节公遗集》卷二，明弘光刊本。

后六十八岁才得中进士[1]。上述传闻或即为他晚年得中的非非之想，而降格为文以俯就试官与本篇贾生的做法何其相似乃尔？实际上，《贾奉雉》的奇幻情节正是这则传闻的艺术放大和神异化。

《司文郎》另是一种格局。考生不是一个，而是两个：王生和余杭生，同住报国寺中。王因后者狂悖，与之绝交。为有力地表现主题，作者还创造一个漂泊游魂宋生的形象——作品的中心主人公。他文思敏捷，才华出众，余杭生逼他比试作文，被他两度占先，打得大败；余杭拿出得意之作，又被他批得汗流满面，“不言而去”。与此同时，宋与王生成了好友，对王的应试文章亦表赞许。这样，鬼魂宋生就像一台天平，把两个考生置诸两端，量出他们分量的轻重。结果王生落第，余杭生领荐，就成了对试官的一种嘲讽。作品并未就此止步，又通过宋生拖出另一鬼魂——盲僧。他是“前朝名家”“最能知文”，把文章烧化，他就能用鼻子嗅出高下优劣。焚古大家之文，他受之以心，连称“妙哉！”焚王生之文，他“受之以脾”，说可以中试；焚余杭生之文，他“咳逆数声”“格格而不能下，强受之以鬲”。而试官看中的恰是后者。经过这样的

① 参见《明史》卷二八八本传，附艾南英传末，第24册第7403页；又，章履仁辑《姓史人物考》卷四，［清］乾隆二十年（1755）刊本。

铺陈、渲染，艺术夸张，大大增加了作品的讽刺性和感染力。不仅如此，作者还让奇人盲僧与余杭生打赌，从八九个试官的文中嗅出余杭生房师的劣作，结果让他“向壁大呕，下气如雷”，因为其文“刺于鼻，棘于腹，膀胱所不能容，直自下部出矣”。对试官的揶揄、嘲讽至此达于极点，生动、诙谐、尖刻、别出心裁，令人看了拍手称快。

《于去恶》与上面两篇又有不同，不写人间科举，而写阴司开考，鬼士入闱，通过于去恶、方子晋两个鬼士与人间名士陶圣俞的交往、谈话，尽情地嘲讽阴间的试官，称他们为“乌吏鳖官”“游神耗鬼”，其中既有无目的师旷，又有爱钱成癖的和峤，实际是借阴司巧骂阳世，借历史人物嘲骂试官。由于不受人事的制约，笑骂更加自由，痛快。

上述作品虽然意在抨击试官，却不写具体的某一个人，更不涉及生活中的真人。另有一篇《何仙》别开生面，写了与作者同时的山东学政朱雯。朱雯，字复思，又字嵛三，浙江石门人，康熙三年（1664）进士[①]，三十年（1691）任山东学政，主持济南岁试不负责任，让手下的几个食客评文阅卷，结果将考生李忭的上好文章贬为四等，传为笑谈。作品借乩神何

① 参见法式善《清秘述闻》卷十一，嘉庆四年（1799）刊本；阮元《两浙輶轩录补遗》卷二，嘉庆刊本。

仙揭露此事，着力针砭“文宗不论文”，同时挖苦那些评卷的食客，说他们“前世全无根气，大半饿鬼道中游魂，曾在黑暗狱中八百年，损其目之精气”。从这些用语可以看出，即使文场的真实人事，作者也要把他虚化，赋予浓厚的神异色彩，以便自由驰骋笔墨，恣情尽意地批斥试官和阅卷者之流。赵伯陶君据蒲文《又投学宪呈》找到作者特别抨击朱雯的缘由：后者任上将蒲松龄所在县份淄川的科试选录名额“减去五分之二”（由五十余名减至三十五名）。“这或许是蒲松龄反感这位朱宗师的重要原因。”[①]此说有理。尽管如此，本篇的主要内容仍属实情。原因是所写的王瑞亭、李质君、朱雯、孙勷乃至考生李忭，均实有其人。而且其中三位（朱、孙、李质君斯义）都是进士出身的朝廷命官[②]，不便随意而造。王瑞亭是蒲松龄的亲家，《蒲松龄集》有《答王瑞亭》信。李忭，道光二十年（1840）所刊《济南府志》卷四十三乾隆间“岁贡”列载其名，应即此人，入《何仙》时应还年轻。唯其所属县治有差，《何仙》谓为乐陵，《府志》则谓“陵县人”。然乐陵县时属山东武定府，其人不可能参加学政“案临济南”的岁

---

① 《聊斋志异详注新评》，第2390页。

② 孙勷，康熙二十四年（1685）进士，官至通政司参议；李斯义，康熙二十七年（1688）进士，官至福建巡抚。

试，“乐陵”应是“陵县”之误。就是乩神何仙，《长山县志》也有记述。由此可见，本篇内容多非子虚。只是被憎恶朱雯的蒲松龄借助乩神之笔夸大其词罢了。

此外，还有《三仙》《三生》那样的寓言化小说。前者写一赴试秀才，途中得到蛇、蟹、蛤蟆（即“三仙”）作的三篇文章，带到考场，全部用上，竟然中举。这显然是对科举与试官的绝妙讽刺。后者写一个名叫兴于唐的名士被充任试官的某知县黜落以后，愤懑而死，满怀怨气，投状阎王，阴间同病而死的冤魂“以千万计”，大家“推兴为首，聚散成群”。阎王将知县和主考拘到阴间，企图责打一顿了事，不料兴等号呼不依，定要“掘其双睛”，剖其心腹。“阎王不得已”，对两人施以酷刑，“众始大快”。不过，兴生对知县的怨恨并未就此了结，两世转生，依然相仇。阎王使他们转为翁婿，而女婿还是看不起岳父；最后岳父“百计为之营谋”，使女婿“得志于名场”，方才了却这场仇怨，两人“和好如父子焉”。作品以诙谐的笔调、寓言的手法，惩治、调侃昏庸的试官，发泄作者的不平之气。科举发端于隋，至唐兴盛，“兴于唐”的名字就影射其兴起的时代。“同病而死者亦千万计”，表明怀才不遇之士数量甚多，也表明试官“黜佳士而进凡庸”的现象由来已久，且屡见不鲜，在整个科举时代具有普遍性。这是《三生》

思想的深刻之处。

二

明清的府、州、县学并不是教授生徒的学校，而是管理、考核生员（秀才）的衙门。教授、学正、教育、训导等学官时常借机索贿，以饱私囊。还有他们上面的学政，也通过种种手段勒索考生。蒲松龄做了几十年秀才，对学官的丑恶行径十分熟悉，在《饿鬼》《考弊司》等作品中不遗余力地予以抨击。《饿鬼》的主人公马永，“为人贪”，又是无赖，人称“饿鬼”。前世帮助学官勒索生员，转世自己做了训导，“官数年，无一道义交”，只在见到青蚨（钱）时才有笑容，“不则睫毛一寸长，棱棱若不相识”。生员小有过失，他就严刑拷打，“如治盗贼”；有人控告秀才，他就高兴，以为是钱来“叩门”了。作品利用生死轮回的迷信传说，把贪婪的学官比作饿鬼，又在这一学官的轮回史中叠入另一无耻的学官，一箭双雕。全篇无骨干情节，而以粗大笔触为反面主人公勾勒一幅特征鲜明的漫画像。《考弊司》与《席方平》笔法相似，以幻想的阴司影射现实的人世。“考弊司”就是学府衙门的代称，堂下大书“孝弟忠信，礼义廉耻”，司主却是“虎首人身”的“虚肚鬼王”，秀才初见，要割大腿肉作见面礼，否则就得多行贿赂。以此讽喻学官的贪污纳贿，敲骨吸髓。主人公闻人生前世为虚肚鬼王的爷辈，秀才因而求其讲情，不料鬼王只认钱，不认爷，秀才无钱，照割不误，还说什么“此是成例，即父命所不敢承！”这种构想对学官的讥讽甚为尖刻。在现存的《聊斋志异》手稿本中，《考弊司》紧接《饿鬼》之后，“虚肚鬼王”与“饿鬼”的含义也大致相同。作者对贪鄙的学官深恶痛绝，一篇不足尽其意，又写一篇，互相补充，极尽发挥。思想大同小异，形象各有千秋。两篇最后都惩罚了贪官：前者让一狂生呈进假药，将觅黑须药的训导的胡子染红，使他“愤气中结”而死；后者借助阎王之力，将鬼王减筋增骨，“罚令生生世世不得发迹”。阴阳不同，方式各异，体现了作者的艺术用心。

抨击学官之作还有《蚰蜒》《司训》《神女》等。《蚰蜒》只有几十字，先写学使朱矞三家有巨大的蚰蜒出没，遂后对蚰蜒做这样的说明：“形若蜈蚣，昼不能见，夜则出，闻腥辄集。或云：蜈蚣无目而多贪也。”作品以隐喻笔法暗示学使追腥逐臭，见不得阳光，既没眼睛（不能识拔真才），又贪得无厌。《司训》不仅讽刺了“五官俱废”还“恋禄”不肯退休的学官训导，也把矛头指向学使，因为他主持文场考试公然要学官“呈进关说”，“五官俱废者”听不见，以为要他呈进为亲戚寄卖的房中伪器，闹了一场大笑话，终于丢官。篇末，又引述友人朱缃《耳录》所记一件真事：一位年老的东莱明经司训沂水时癫痴发作，自言自语说出藏银处所，被人将银挖走，“叹恨欲死”。蒲松龄叹曰：“教职中可云千态百状矣！”《神女》不是单纯抨击学官，但却明白指出：“今日学使署中，非白手可以出入者。”好心的神女为帮助受冤的书生辨复被夺的秀才功名，不得不摘下头上的珠花，让书生拿去变卖，打通关节。《司训》与《神女》都以别致的构思嘲讽了学使的索贿行径。与《饿鬼》《考弊司》的关系相仿，《蚰蜒》与《司训》也是篇次相邻，前后相接的。前者或有传说的基础，后者纯系蒲氏的造作，是特为针砭学使精心结撰的寓意小说。

封建时代，在以科举取士的同时，还准许用钱粮买官与功名，称为捐纳或捐科。早在秦始皇时就有纳粟拜官之法。后被历代统治者以不同的形式沿用下来。明清的捐纳之风尤其盛行。有钱人家的子弟不必认真读书、应试，也可取得功名和官位。康熙年间，军饷短缺，不仅国子监依旧例大开捐科，一度连府、州、县学的生员资格也可以捐纳取得，称为例生、纳生、饷生或粟生。《何仙》篇写学使朱雯让粟生、例监参加阅卷，指的就是这类人。这种腐败的捐纳制度与怀才不遇的士子之间有着十分尖锐的矛盾，加上王公大僚贪赃枉法、卖官鬻爵，使上述矛盾更加尖锐，把仕途搞得乌烟瘴气。《聊斋志异》反映这种现实的代表作品是《僧术》和前面谈到的《公孙夏》。前者的情节比较简单：黄生与某僧人交情甚厚，而屡试不第；僧人要他将钱十千投入井中，代他贿赂“冥中主者”。黄生怕不灵验，仅投一千，结果只得个贡士的前程。这是以阴间“开捐纳之科”影射人间同类情事，寓意是显而易见的。“冥中主者”纳贿卖官，也是现实人事的写照。《公孙夏》是一篇神异化讽刺小说。保定某国学生乃世间之人，病中居然托自称“十一皇子坐客”的鬼物公孙夏行贿，谋求阴间城隍之缺，希图死后做官享福，荣华富贵。冥中贵官在大干卖官勾当的同时还装腔作势地“勉以清廉谨慎等语”，而拿到文凭的国学生车马赴任，大肆炫耀，活画两者的丑恶面目。这种虚幻的夸张之笔，把捐科买官的实质显示得既充分，又深刻，一针见血，鲜明突出。

还有《局诈》第二篇，写某副将军欲“持资入都，将图握篆”，买个掌权的将军当当，结果被骗子冒充皇帝的近侍，假借设朝局面，骗走万两银子。此虽写骗局，反映的却是朝廷卖官鬻爵的风气。

三

隋唐兴起的科举考试制度取代了以往维护氏族特权的察举制和九品中正制，是历史的一大进步，学校教育和社会文化都相应地得到发展和提高，对知识阶层更是不小的激励和鼓舞，所以长期成为培养和选拔人才的制度。明清实行“代圣贤立言”的八股文以后，情况有了很大变化。时文完全脱离实际，既非学问，更不实用，只是博取功名的敲门砖。万千考生博取不到功名，就百无一用，百无聊赖，强烈的功名观念化作愁肠百结的情怀，精神苦闷、抑郁是必然的。这是科举制度对知识分子心灵的广泛腐蚀和深刻影响。《聊斋志异》中的多篇作品，将落第书生的功名观念和悲苦心理写到无以复加的地步，有力地揭示了这种腐蚀和影响。

前面提到的《司文郎》，鬼魂宋生生前“不得志”，死后竭力帮助王生成名，想借良朋得中一睹飞黄之快。这样强烈的功名欲望在当时的读书人中具有很大的普遍性和典型性。不过，显示这种精神状态最成功的作品还是《叶生》。主人公叶生“文章辞赋冠绝当时”，却长期“困于名场”。后得新来知县丁乘鹤的赏识与提拔，以科试头名取得应举的资格，而乡试的结果“依然铩羽”。这对叶生的打击极大，觉得“愧负知己”，以至“形销骨立”，郁郁而死。但人死而心不死，他的魂灵化为生人，追随知己，把丁乘鹤的儿子教导成名，自己也中了举人，直到衣锦还乡，见到盛殓自己的棺材，才恍然大悟，扑地而灭。《司文郎》中的宋生尽管死后不忘功名，还知道自己身死为鬼；叶生科场失意，失魂落魄，竟忘其死，比宋生更进一步，从而把主人公的悲苦灵魂、抑郁心境一直写到十二分足，把读书人的功名观念写到死而不舍、魂梦相逐的地步，寓意厚重而深沉。情节虽涉于荒幻，却有感人至深的力量。作品显然融合了作者蒲松龄的切身感受，字里行间充满悲情和血泪。这也是它感染力强的重要因素。叶生在回答丁公“黄钟长弃奈何”时说：“是殆有命。借福泽为文章吐气，使天下人知半生沦落，非战之罪也，愿亦足矣。”这正是作者的心里话，也是他创作此篇的重要动机。满腹经纶，文章锦绣，半生沦落，心实不甘，此篇乃先生呕心沥血“自作小传”。故冯镇峦评曰：“茫茫万古，此恨绵绵。”“满纸於邑。”[①]文末“异史氏曰”形似议论，情同诗赋，感慨长言：“呜呼！遇合难期，遭逢不偶。

① 载张友鹤辑校：三会本《聊斋志异》，第84页。

行踪落落，对影长愁；傲骨嶙嶙，搔头自爱……人生世上，只须合眼放步，以听造物之低昂而已。天下之昂藏沦落如叶生其人者亦复不少，顾安得令威复来，而生死从之也哉？噫！”[①]从这些饱含深情的文字，读者可以窥见科场的多次落榜对这位文学大家的沉重打击，以至使他向往《搜神后记》所记丁令威求仙化鹤的缥缈传说，以逃避让他苦痛难挨的现实世界。

这种题材的另一篇杰作是《王子安》。它写一个穷秀才在临近发榜之时“痛饮大醉”，连做美梦，忽而中举人，忽而中进士，忽而又点了翰林，大呼长班，神气十足。最后跌下床来，惹得全家人大笑。这是一篇直写人生的现实主义小说，真实地摹绘出望报秀才那种顷刻万绪的复杂心理和如醉如痴的精神状态，可笑，可悲，而且可怜，与《儒林外史》第三回范进中举的描写有异曲同工之妙。作者虽非自觉地批判科举制，却使我们看到它对个中人物毒害之深。全篇只有四五百字，展示一个生活断面，短小精悍，生动活泼，是一篇结构精巧的微型小说。其后“异史氏曰”更将秀才入闱的种种境况摹绘如生：

---

① 陶潜：《搜神后集》卷一：“丁令威，本辽东人，学道于灵虚山，后化鹤归辽……徘徊于空中而言曰：‘有鸟有鸟丁令威，去家千年今始归。城郭如故人民非，何不学仙冢累累。’”

秀才入闱有七似焉：初入时，白足提篮，似丐。唱名时，官呵吏骂，似囚。其归号舍也，孔孔伸头，房房露脚，似秋末之冷蜂。其出场也，神情惝恍，天地异色，似出笼之病鸟。迨望报也，草木皆惊，梦想亦幻，时作一得志想，则顷刻而楼阁俱成；作一失志想，则瞬息而骸骨已朽。此际行坐难安，则似被絷之猱。忽然而飞骑传人，报条无我，此时神色猝变，嗒然若死，则似饵毒之蝇，弄之亦不觉也。初失志，心灰意败，大骂司衡无目，笔墨无灵，势必举案头物而尽炬之；炬之不已，而碎踏之；踏之不已，而投之浊流。从此披发入山，面向石壁，再有以“且夫”“尝谓”之文劝我者，定当操戈逐之。无何，日渐远，气渐消，技又渐痒，遂似破卵之鸠，只得衔木营巢，从新另抱矣。如此情况，当局者痛哭欲死，而自旁观者视之，其可笑孰甚焉。

蒲松龄一生经过多少这样“痛哭欲死”的伤痛，其心灵受到多么深重的伤害呀！而这段文字应是经过偌多伤痛之后，冷静体会、分析其种种情状所结的锦绣文章之果，是清醒后的自我回望当局者的自我，故能如此详明、切中肯綮，条贯统绪，鞭辟入里。非如此之蒲公写不出此等秀才入闱的“七似”妙文。

科举给予知识分子的影响是多方面的，造成的人物也是形形色色的。不仅有抑郁型的叶生，狂悖型的余杭生，还有一批程度不同、表现各异的书呆子。《冷生》中的主人公头脑迟钝，由于潜心举业，得了一种狂易病（精神病的一种）。每逢作文，必先“闭门枯坐”，而后“哗然大笑”，“响彻堂壁”，文思随之开启，一艺即成。即使身在考场，也非作此大笑不可。后来因此被“规矩严肃”的学使除名。作品批评了学使的荒谬，同时也刻画一个务时文而着魔的书呆子形象。《书痴》中的郎玉柱比冷生更呆，居然相信书中自有黄金屋和颜如玉，以至三十而不娶，等美女从书中走出来。美女真的从书中走出来后，整天教他弹琴，下棋，交游，玩耍，只不许他读书。即使如此，他还不懂“夫妇一章”是怎么回事。作品以变态夸张手法把死读书造成的痴呆性格写得笔酣墨饱，“穷形尽态矣”（但明伦评），塑造一个活生生的书痴典型。《狂生》的主人公是淄川教谕刘学师［名支裔，字赤生，康熙二十一年（1682）任[①]］所讲的真实人物：“善饮，家无儋石，而得钱辄沽，殊不以穷厄为意。”看似放达，实则恃新刺史之狎，为诉讼者讲情而受其贿，“乃以口腹之累，喋喋公堂”的“品

① 参见《济南府志》卷三十。

斯下者”。还有一篇《苗生》，主人公是虎变化的。作品以苗生的爽快、粗豪、坦诚、乐于助人等性格特征反衬某些读书人酸腐、虚伪、嫉妒、心胸狭窄等劣根性。特别是华山聚会一节，描写几个考生登高饮酒，联句作诗，还将在考场写的八股文章拿来朗诵，自我陶醉，互相吹捧。这种十足的酸腐气也是长期沉溺于脱离实际的经书与八股造成的。科举把他们变成一群既无实际才能又好孤芳自赏、令人生厌的多余人。这是考生的又一类型。

四

在上述三类作品之外，还有一篇风格独具的《罗刹海市》。它所展示的既非现实人生，也非幽冥地府，而是据古籍虚拟的罗刹国和理想的龙宫。

罗刹国，古籍中早有记载。杜佑《通典》谓其“在婆利之东”，而婆利国“在广州东南海中洲上”。罗刹国“其人极陋：朱发，黑身，兽牙，鹰爪。时与林邑人作市，辄以夜，昼日则掩其面。”末云：“隋炀帝大业三年遣使常骏等使赤土国，至罗刹。”[①]《隋书》载常骏使赤土甚详，但未言及罗

① 杜佑：《通典》卷一八八《边防四》，[清]光绪十七年（1891）浙江书局刊本。

刹国，想是常等未奉命出使其国之故。本篇主人公马骥被飓风刮到大罗刹国，与《通典》所言“广州东南”海外岛国相合；“其人极陋”与本篇所言“其人皆奇丑”是同义语。加之，后世多种文献如《资治通鉴》《太平寰宇记》《太平御览》《唐会要》《文献通考》等所记该罗刹国一概抄录《通典》文字，蒲松龄易于看到。由此可知，本篇所写的大罗刹国，其原型应即此国无疑。作者的天才创造是改变其风俗，在人的容貌上大做文章。

主人公马骥“美丰姿，少倜傥”，入梨园，号称“俊人”，让他来到“人皆奇丑”的大罗刹国，即刻被当作妖怪。因为其国风俗奇特：不重文章，而重形貌，论形貌又以美为丑，颠倒妍媸，所以做官的都是丑八怪，官位愈高，面貌愈丑，“狰狞怪异”，不堪入目。马骥后来把脸涂作张飞，随即得到大臣举荐，国王重用。“马婆娑歌‘弋阳曲’”，又“作靡靡之音”，罗刹君臣皆当“雅乐”欣赏，“一座无不倾倒”。原来该国对乐曲的评判也是雅俗颠倒的。这种颠倒美丑、雅俗的风习，自然是作者用以讽喻仕途科场的极端意象和艺术处理，令人叫绝。但它与古籍所记罗刹风俗也有可供寻觅的踪迹。罗刹人与林邑人交易作市都在夜里（如有白日交易，则要掩其脸面）。这是面貌丑陋所行的不得已之法，却也是对白日与黑夜的一种颠倒。这种颠倒对作者做出其国种种颠倒风俗的处理或许不无启发。

马骥后来随民众去逛海市，被龙王世子邀入金碧辉煌的龙宫，荐给极重人才的龙君，奉命撰写海市赋，大展文才，备受龙君推崇，配以龙女，“拜为驸马都尉”，且“以其赋驰传诸海”，荣耀而归。正如前面罗刹国被用作颠倒妍媸、雅俗的科举的隐喻，后面让主人公适志奋飞的龙宫则是现实仕途的反衬，是作者追求的理想之国。而那理想国，只是蒲松龄的精神寄托，无法实现，是虚无缥缈的，可望而不可即。蒲松龄深知这一点，因而将它安排在经过虚幻的海市才可抵达的龙宫之中。

异史氏曰：“花面逢迎，世情如鬼，嗜痂之癖，举世一辙。小惭小好，大惭大好，若公然带须眉以游都市，其不骇而走者盖几希矣。彼陵阳痴子将抱连城玉向何处哭也？”这段文字，表面上是在评议大罗刹国的怪异风俗，实是作者对仕途科举极度悲观的慨叹，是对八股取士极度灰心而失望。“嗜痂之癖，举世一辙”，说的就是八股文，当时唯有时文八股，堪称“举世一辙”，广受世俗青睐。接着借助韩愈之言，讽喻俗世评文之谬，暗指对八股的“嗜痂”之誉。下句谓罗刹国人将须眉男子当作怪物而奔逃，实指好文章无人欣赏，所以末句才慨叹具有真才实学的考生如同春秋时期怀抱连城玉的楚之卞和向何处哭也？由此可见，作品创作“大罗刹国”，就是用隐喻之法批判以八股取士的社会现实，嗜痂成癖，没落无望，对其整个国度的描写就是对八股取士制度最辛辣、也最绝妙的嘲讽与抨击。但它与《贾奉雉》一样，通篇未提“八股”字样，这自然与蒲公本人几十年恋栈功名有直接关系，同时也成就了两篇不言“八股”而痛批八股的高妙作品。特别是《罗刹海市》，将时文的呆板无用之丑同古籍记述的罗刹人面目联系起来，使构思得以升华，造成新异的形象结构和多层次的艺术境界。手稿本此篇无名氏甲评曰：“《罗刹海市》最为第一。”他其实未必想到讽喻八股取士，却能看出形象结构的丰富寓意。蒋瑞藻《小说考证》引《负暄絮语》云，“《聊斋志异》一书为近代说部珍品，几于家弦户诵……然不为四库说部所收。当时此书确曾流入宫禁，深荷嘉叹。继以《罗刹海市》一则含有讥讽满人、非刺时政之意，若云女子效男儿装乃言满俗，与夫美不见容，丑乃愈贵诸事，遂遭摈斥”。四库小说家类未收这“说部珍品”，或与主编对小说的理解有关，而从该类所收之书来看，皆不同于《聊斋志异》，此乃蒲翁新创之文言小说，收之与否似乎不关个别篇章。“女子效男儿装”乃《夜叉国》语，明言“类满制”，应不为当政所忌。但将“美不见容，丑乃愈贵”，与“非刺时政”联系起来，虽非作者本意，仍在广义寓意之内，不为附会之说。

如果说，上述各篇揭示的是科举某一方面图景或某些人物状态，各从其类；《罗刹海市》揭示的则是当时科举的总体意象，故自成局面，独具一格。

第五章　讽喻世情奇趣横生

《于去恶》写阴间开考，考题竟有这样的话：“自古邪僻固多，而世风至今日，奸情丑态愈不可名，不惟十八狱所不得尽，抑非十八狱所能容”，让每个考生陈述解决的办法。这显然是作者蒲松龄的激愤之词，是假借考题对封建社会晚期江河日下的世风所做的概括和抨击。这里说的奸情丑态自然包括官场的黑暗、科场的混沌，同时也包括恶劣的社会风气、浇薄的世态人情。对后者进行讽刺、鞭挞，构成《聊斋志异》又一部分富于思想、艺术价值的作品。

一

尽管封建统治者和思想家为人们制定一套忠孝节义的道德规范，大肆倡导父慈子孝，兄友弟恭，杀身成仁，舍生取义，金钱和权势在人与人的关系中仍然起着重要的作用，趋炎附势、见利忘义的现象不胜枚举，到封建社会后期尤其严重，造成种种以财势大小为转移的炎凉世态。《宫梦弼》中的柳芳华“财雄一乡”之时，座上宾客“常百人”，真所谓“胜友如云，高朋满座”；家业败亡之后，众叛亲离，无人问津，儿子柳和告贷无门，连他的岳父也闭门不纳，企图悔婚。《陈锡九》中的财主周某仰慕陈子言是前途无量的名士，便把女儿许配给他的儿子陈锡九；后来子言屡考屡败，“家业萧条”，周某就千方百计逼女儿离婚，陷害锡九。《镜听》中的郑氏父母因为大儿早成名，二儿不得志，就过爱前者，疏远后者，对两人的妻子也有偏有向，冷热不同，致使二媳不与丈夫同宿，真是“贫穷则父母不子”。《金和尚》另是一种景象：一个经商暴富的和尚不事修行，“不奉一经”，广置田产，蓄养歌童，作威作福，显赫一时。人们不但不以为非，还争相攀附，对他不称师，不称上人，而称爷，称祖；他收养的儿子中了举人，人们又称他“太公”“太爷”。作品在嘲讽财势汹汹、炙手可热僧人的同时，也揭示了趋炎附势的恶劣世风。金和尚，实有其人，法号海彻，字泰雨，“出身辽阳世家”，明天启年间逃到山东诸城五莲山光明寺出家，后来由于受到其贵官族人金廷献的大力支持，于顺治五年（1648）至康熙十四年（1675）逝世时，为该寺第五世方丈二十七年，财势显赫大致如蒲公所写。其养子也实有之，苏州昆山人，本姓朱，从金姓，名奇玉，中举不在其养父生前，而在其死后六载的康熙二十年[①]（1681）。蒲松龄大约是按后来听人讲述的情况写的，且不无小说家的虚构与夸大之词。但总体面貌与金某的生前状况大体不差。

讽喻炎凉世态的大篇佳作是《胡四娘》。主人公胡四娘是官绅胡银台最小的女儿，颇有眼力的父亲为她招赘一个文才出众而"家赤贫"的丈夫程孝思，哥嫂姊妹都看不起他，并用嘲笑的口吻呼四娘为"贵人"，而四娘泰然自若，不悔不愧。后逢胡家三郎完婚，遍请亲朋姐妹，唯独不招请四娘。就在这时，传来程孝思"连战连捷"，做了高官的喜讯，兄弟"相顾失色"，姊妹惴惴不安，急忙去请四娘，又"惟恐四娘衔恨不至"。四娘来后，立刻成了中心人物，"申贺者、捉坐者，寒暄者，喧杂满屋。耳有听，听四娘；目有视，视四娘；口有道，道四娘也"。见四娘"凝重如故"，没有说长道短，又争先恐后地向她敬酒。经过这样渲染、描绘，前后对比，把一群势力小人的庸俗、浅薄、前倨后恭显示得异常真切，栩栩如生。同时又以简练的笔墨塑造了他们的对立面——胸怀坦荡、

---

① 参见赵伯陶《聊斋志异详注新评》，第1787页；俞阅、季蓉《〈聊斋志异〉中"金和尚"与"金举人"本事考》，载《蒲松龄研究》2006年第3期。

性格刚毅、有见识有涵养的女主人公。

愤世嫉俗的蒲松龄并不满足于直接描述现实的人生，常用神奇特异之笔加强讽刺的意味和效果。《镜听》在叙明现实情事之后，接写大比之年，兄弟二人一同赴试，弟妇盼丈夫得中心切，在除夕以镜听法为之占卜。民间镜听卜法由来已久，唐代就已盛行。因时地不同，做法不一。或言虔拜灶神，“双手捧镜，诵咒七遍，出听人言，以定吉凶”[①]；或言“怀镜于通衢，闲听往来之言”，要在“以有心听无心耳”。[②]弟妇听人说“汝也凉凉去”，不知吉凶。放榜之际，两妇均在厨下做饭，暑热难当。忽然传来老大的捷报，婆婆便对大儿媳说：“大男中试矣，汝可凉凉去。”二媳听了，又气愤又伤心，边干边泣。过一会儿，老二的捷报又到，其妇奋掷饼杖而起：“侬也凉凉去！”这些笔墨表面上是写镜听的灵验，实则是对世态炎凉的巧妙讥讽，遂使作品奇趣横生。前面谈到的《金和尚》，写世人对广有财势的僧人称祖称爷，以写实的笔法批判世风。另一篇《夏雪》与此相似，而笔法不同，字不满百，事涉神怪，是一篇荒幻的微型小说。其云：苏州七月下大雪，百姓惶骇，共祷诸大王之庙。大王神借凡人之口

① ［元］伊世珍：《琅嬛记》卷上，民国十一年（1922）上海博古斋影印本。

② ［宋］朱弁：《曲洧旧闻》卷九，民国十一年（1922）上海文明书局刊本。

说："如今称老爷者皆增一'大'字，其以我神为小，消不得一大字也？"众人忙呼"大老爷！"雪即刻停止。作品的内容、结构很简单，却又耐人咀嚼寻味，以"神亦喜谄"的形象讽喻世风。据记载，大王神全称金龙四大王，生时为南宋会稽诸生，姓谢，讳绪，"谢太后内侄，于兄行为四，殉宋室难，投苕溪死。有明屡卫河工，翊护漕运，封为大王。少读金龙山中，在山建祠，故名之曰'金龙大王'"[①]。这样的大王神本不应"喜谄"，但他不幸，来到"称谓之不古"极端可笑的康熙年间，作者为了讥讽世风，只好请出这位尊神。篇末"异史氏曰"：

世风之变也，下者益谄，上者益骄。即康熙四十余年中称谓之不古，甚可笑也。举人称爷，二十年始；进士称老爷，三十年始；司、院称大老爷，二十五年始。昔者大令谒中丞，亦不过老大人而止；今则此称久废矣，即有君子，亦素谄媚行乎谄媚，莫敢有异词也。若缙绅之妻呼太太，裁数年耳。昔惟缙绅之母始有此称；以妻而得此称者，惟淫史中有林乔耳，他未之见也。唐时，上欲加张说

① ［清］百一居士：《壶天录》卷下，光绪十一年（1885）上海申报馆铅印本。

大学士。说辞曰："学士从无大名，臣不敢称。"今之大，谁大之？初由于小人之谄，而因得贵倨者之悦，居之不疑，而纷纷者遂遍天下矣。窃意数年以后，称爷者必进而老，称老者必进而大，但不知大上造何尊称，匪夷所思已。

意欲嘲讽这般"匪夷所思"的现实，自须超出人的世界。从这个角度看，创造"神亦喜谄"的奇观，乃作者不得已而为之也，却又是极其巧妙的艺术构思。让大王神同人来争"大老爷"称呼，立刻显出人世间骄谄之风的丑陋可恶和荒唐可笑，抨击之力胜过直写同类人事何止百倍。清人言及官绅称谓的文字不乏其例，咸丰、同治间"由内阁中书历官广东肇罗道"[①]的方浚师在其《官场称谓》中特地言及蒲公《夏雪》，说他为官时曾"分巡岭西，游七星岩，憩水月禅林，是崇祯时广督熊文灿开创建置，康熙时广督石琳增修而扩充之。有石公塑像，案前供铁香炉一，镌云：'两粤兵民铸造香炉一副，恭献钦命总督两广部院大老爷石长生座前，永远供奉。大清康熙岁次庚辰仲冬吉建，佛山隆盛炉造。'按：庚辰乃康熙三十九年，

① 徐世昌辑：《晚晴簃诗汇》卷一五四，民国（1911—1948）退耕堂刊本。

与《志异》所记称大老爷自二十五年始适合。”[①]石琳，字瑯公，汉军正白旗人，康熙年间名臣，二十八年任两广总督[②]，四十一年病逝。从行文看，石长生即石琳，长生抑其号欤？其生前被供奉的香炉居然镌以“大老爷”称谓，骄谄世风之盛可想而知，并被永远定格在这铁铸的香炉之上，此真所谓铁证如山。与此相关，还要说几句本篇开头“丁亥年”三字的话。为帝六十一年的康熙年号，丁亥只有一个，即四十六年。由于这一年苏州并无夏雪的灾异，而在其前的康熙九年（庚戌）有夏雪的记载，注家就以为作者所写的年代和月日出了差错。这是把小说当历史来考证了。如果写作康熙九年六月初三日苏州大雪（作者未必知道这事实），反倒成了大王神首开称谓升级风气之先，何言“如今称老爷者皆增一‘大’字”？作品的整体构思（神受世风的影响）就不能成立，与后面“异史氏曰”的议论更不能相应，实是舍本而逐末。其实，对小说而言，虚构丁卯盛夏大雪，才是本篇构思的高妙之处。

---

① ［清］方浚师：《蕉轩随录》卷十二，同治十一年（1872）退一步斋刊本。

② 此据《清史稿》卷二百《疆臣年表四》，此外还有二十二年、二十七年、三十五年诸说。

再看《胡四相公》，开头一句写道："莱芜张虚一，学使张道一之仲兄也。"随即放下弟弟道一，单写虚一与狐化的胡四相公的友好交往，临到末尾又提起道一做西州学使，贫困的虚一前去投奔，希望得到胞弟的照顾，结果希望落空，白手而归，归途马上，长吁短叹。就在这时，胡四相公送他一箱白银，以慰其心。作品的命意很清楚：显示兄弟之情远不如狐友之谊，从而讽喻人情的浇薄。全篇大力写狐，很少写人，是用奇幻反照之法，以有情有义的狐反照无情无义的人。张道一，实有其人，名四教，字芹沚，道一其号，顺治三年进士，六年官山西学政①。据相关书籍记载，此公品德不乏可称道处。"为诸生时以岁荐让同舍，人高其谊"；"平生训子弟有法，故张氏群从皆端谨"②；其"以方伯致仕，淡泊自矢"，暑浴于河，会一公差亦浴，呼其摩背，"公亦颔之"，事后才知那公差是奉中丞之命"致候于公"，公差叩头请罪，"公一笑遣之"；"益都王明经克生（国祯）自联其书斋云：'淡想莱芜张道一，乐从曲阜孔恒三。'为其所景慕如此。"③不过，诸如此类，只能说明其为人为官颇有所长，并不能说明他

① ［清］法式善：《清秘述闻》卷十一。

② 法式善：《槐厅载笔》卷十四。

③ 孔毓埏：《拾箨余闲》，康熙（1662—1723）刊本。

对远路投奔的二哥并无不予周济之事。为人各有短长，长者自长，短者自短。身在淄川的蒲松龄为这位临县大僚的二哥所受的委屈愤愤不平，特地虚拟一个胡四相公大书特书，可见此等传闻在当时的影响。

另有一篇《佟客》，写董生“好击剑”，又以忠臣孝子自许。遇佟姓客，邀至家，“董按膝雄谈，佟惟敬听而已”。夜深，忽闻董父所居隔院“纷拿”，谓“教汝子速出即刑，便赦汝！”随后似加“搒掠”，老父呻吟，“生捉戈欲往”，佟说“此去恐无生理”，“宜嘱后事于妻子”，结果“妻牵衣泣，生壮念顿消”，登楼自保。佟客笑曰：“贼幸去矣。”实际乃是佟客对董生自许忠孝的试探。其如冯镇峦评：“无事谈忠义，临危丧廉耻。”

二

在人与人的关系方面，比炎凉世态更可恶也更可怕的是人心叵测，尔虞我诈，甚而至于骗人钱财，害人性命。一个叫仇仲的人被乱兵掳去，妻子邵氏带两个年幼的孩子艰难度日。仇仲的叔父非但不帮助孤儿寡母，反而谋划卖掉邵氏，从中渔利；素与仇家不睦的魏名更是用尽阴谋诡计，陷害邵氏母子，必使仇家倾家荡产而后快（《仇大娘》）。商人任建之在外乡与一个叫申竹亭的结拜兄弟，情同手足。后任病危，将二百两银子全部交申，说明给他一半，另一半求他寄给妻子，而申在任死后，只用五六两“为市薄材”，随即携款而逃，一去不返（《任秀》）。梁有才见云翠仙貌美，殷勤求婚，甘词厚誓，一旦娶而为妻，达到目的，就意欲变卖，以供自己饮酒赌博（《云翠仙》）。姚安本来已有妻室，为了娶个更美的新妇，竟把妻子挤入井中，被活活淹死（《姚安》）。诸如此类的情事在《聊斋志异》中不胜枚举。作者蒲松龄借助超现实的鬼神力量惩罚了这些无耻之徒、人中败类，但从作品的价值来看，主要还在于写出世情的险恶、人性的丧失——社会黑暗的一个方面。

为了讽喻世道人心，作者还设计一些独特的狐鬼形象，创造一批独具匠心的寓意小说。比如《丑狐》，追求穆生的狐女与别的狐女不同，不是天姿国色，而是“颜色黑丑”；穆生“厌其丑”而爱其所赠之财，待到家境变富，即寻术士捉狐，以怨报德。这把某些人“背德负心”的本质明白地显示出来。丑狐的形象对穆生的为人起了某种试金石的作用。有趣的是作者给了这位丑狐一个半猫半狗之物，嗾以“嘻嘻”，即嚼“奸人足”，嚼得穆生痛不欲生，只好将全部家私还给丑狐，“财物尽空，惟当年破被存焉”。《武孝廉》与此相仿，石某病危之际，得到狐妇的拯救和照顾，结为夫妇。此狐虽然不丑，但已四十有余，是个半老的徐娘；石某用她的钱买得官做，即刻变心，不仅弃而另娶，一旦知其为狐所化，还欲操刀杀害。这个半老徐娘对仪表堂堂的武举也是一块试金石，一下就显出他的蛇蝎之心、豺狼之性。据“异史氏曰”，石孝廉实有其人，“翩翩若书生，或言其折节能下士”“壮年殂谢，士林悼之”。若然，其所负的半老徐娘当非异类，其为柳泉公艺术造作欤？再看短作《孙必振》：

> 孙必振渡江，值大风雷，舟船荡摇，同舟大恐。忽见金甲神立云中，手将金字牌下示；诸人共仰示之，上书“孙必振”三字甚真。众谓孙：“必汝有犯天谴，请自为一舟，勿相累。”孙尚无言，众不待其肯可，视旁有小舟，共推置其上。孙既登舟，回首，则前舟尽覆矣。

孙必振，字卧云，山东诸城人，顺治十六年（1659）进士，“初为怀庆推官三年”，继“补陵川知县六年，入为河南道监察御史”，康熙十八年（1679）巡盐两浙，“还掌山东、陕西两道事，凡为御史七年以归”，康熙二十七年（1688）

七十岁卒[1]。据其墓志铭及相关文献所载，孙为人为官极廉洁，有《请崇节俭》奏文，载于《国朝名世宏文》（卷五《礼集》），且“精敏有治术”，是个不可多得的清廉干练之臣。由于他又是与蒲松龄关系融洽的淄川教谕孙景夏的从弟，蒲氏自当对他有所了解，写入《聊斋》不难理解。至于写成金甲神呵护的神异之笔，不了解本事，也只当作者的艺术虚构，既出人意表，又在乎意中。陈敏杰发表的《孙必振其人及〈孙必振〉的本事》（载《蒲松龄研究》2000年第2期）援引明《徐氏笔精》卷八《金字牌》一文，与《孙必振》大同小异，主题也都是上天对人性恶的严厉惩罚。稍有不同的是，《金字牌》中“持斋诵经”的金氏在众人欲推其入海之前，为“活众命”主动“跃入海中”；孙必振则是未及回言，就被众人推入小舟。前者在显示众人之恶的同时，也显出金姓的善，彼此对照，善恶分明；后者则集中突出众人的恶：大难当前，牺牲别人，保全自己，且急不可待，损人利己之心昭然若揭。从艺术构思的角度看，金甲神出示金牌，就是向人心投出试金石。作品虽然未写一句孙必振的品德和心地，评赞却尽在不言中。作

① 参见陈廷敬《文林郎河南道监察御史孙君必振墓志铭》，载［清］钱仪吉《碑传集》卷五十三，光绪十九年（1893）江苏书局刊本；《杭州府志》卷一二一，民国十一年（1922）卢永祥刊本。

者特取《金字牌》一文为其本事，以孙必振取代“持斋诵经”的善人，其对孙氏就不是一般的“有所了解”，景慕其人格不言而喻。

还有一篇《长亭》，情节曲折复杂，实际上全是为了讽喻世情。有鬼在狐家作祟，狐翁延请擅长驱鬼的石太璞来家，石不尽力，乘机逼索狐女长亭。狐翁假意应允，事成之后立即悔婚，并预谋杀石，几经反复，长亭才与石生团聚。全篇以婚事为线索，表现石生的乘人之危和老狐的诡辩多诈，同树异果，一箭双雕，显示尔虞我诈的世道人心。

《念秧》（两篇）和《局诈》（三篇）是又一种类型，写职业诈骗犯的猖狂活动、狡狯伎俩——“人情鬼蜮”的又一种表现。“念秧”是当时北方人对旅途骗子的俗称。作品开头对他们的骗术做了介绍：“萍水相逢”，甜言蜜语，“随机设阱，情状不一”，以骗取钱财为目的。因为总是以叨念的言辞引对方上钩，故称“念秧”。其中第一篇是纪实之作，或可称为报告小说。被骗的王子巽实有其人，是蒲松龄的同乡好友，淄川县有名的孝子王敏入，号梓岩，子巽是他的字[①]。作品写他从淄川去北京探亲，一伙念秧尾随数百里，用了许多诡计，终于

① 参见《淄川县志》卷六《孝友传》，民国九年（1920）刊本；《蒲松龄集》卷三《追远集序》，上海古籍出版社1986年版，第65页。

骗去他的几十两银子。作品从头至尾都以王敏入的角度观察、叙述，曲折详尽又合情入理，显然是王氏本人讲给蒲松龄的，是当时念秧骗人的情景，近乎真实的记录。至于第二篇依靠神奇的狐友惩办那伙念秧，完全是作者的艺术想象。《局诈》前两篇内容相似，被骗者是御史、副将军一类大官，前者要花钱找靠山，后者想行贿当将军，骗子就利用他们这种心理设计骗局，或冒充公主，或扮作皇帝，虽然未免过于玄虚，也反映了诈骗活动的猖獗、肆无忌惮。第三篇写一个道士骗琴的故事，细针密线，曲尽其情，“使人堕其术而不知”（但明伦评语），看了这样的作品，让人感到骗机多端，无奇不有；骗者难辨，防不胜防。

人为万物之灵，损人、害人、骗人的人也不忘使用人的灵性和智慧。他们需要伪装，也善于伪装，用美丽的外衣掩盖丑恶的真面目。书中的名篇《画皮》就是这种特征的艺术概括。一个面色翠绿的狰狞魔鬼，披上一张用彩笔绘制的美女人皮，迷惑贪恋姿色的王生，而后残害其性命，“裂生腑，掬生心而去”。作品把上述特征充分典型化，艺术化了，发人深思，促人猛醒，具有振聋发聩的力量。《劳山道士》讽喻的是另一种士人：王生，“故家子”，怕吃苦，却想成仙得道。他跑到劳山拜师，道士却不教他道法，每天让他跟诸弟子上山砍柴，“月余”就“不堪作苦”而“有归志”。忽见师与客人同饮，能以纸月代真月，将筷子化作嫦娥跳舞，三人还能入月同饮。“王窃忻慕，归念遂息。”又经一月，“苦不可忍”，告归，乞教穿墙之术，道士笑而应之，教后诫曰：“归宜洁持，否则不验。”王回到家就“自诩遇仙”，谓“坚壁所不能阻”，妻子不信，他就如法撞墙，结果“蓦然而踣”“头上坟起，如巨卵焉”。异史氏曰：“闻此事未有不大笑者。而不知世之为王生者正复不少。”那些在各行各业中企图不劳而获或少劳多获的欺世盗名之辈皆王生也。

在许许多多讽喻世情的作品中，《水莽草》有其独特的意义和价值。开篇即言“水莽，毒草也”“误食之，立死”，而文献所载，多言“毒鱼”，实则确是一种能毒人致死的植物。据清代史书，湖南湘乡县有个殉未婚夫而入《列女传》的女子就死于水莽草：“萧礼亭，聘妻唐氏，衡山人，年二十二，将昏而礼亭讣至。女自经，以救免；会家以水莽草治虫，女窃食之，死，距礼亭殁十有六日。萧氏闻之，取丧归，合葬焉。”[①]《水莽草》先写当时的民间传说，被水莽草毒死的“即为水莽鬼”，这种鬼魂不得轮回，要想转生为人，就得毒死他人取代自己，也就是所谓“找替死鬼”；中毒者只有一

① ［清］李翰章等修《湖南通志》卷二一九《人物志·列女》，光绪十一年（1885）湖南督署刊本。

法可解：将害他那个水莽鬼生前的裤裆迅速找到，煮后服用。这传说显然十分荒唐，而作者利用这个传说，编织一个寓意鲜明而美好的神奇故事：水莽鬼寇三娘以美色迷惑祝生，使他中毒，生命垂危；祝生的朋友急忙到寇家“求其故裆”；寇氏夫妇为让祝生去做女儿的替死鬼，幸灾乐祸，不肯施与；祝生死后，深恨寇家，把已经托生的寇三娘捉到阴间，纳为妻室，带回家中，侍奉老母；他自己虽是水莽鬼，却坚决不寻替身，还大力援救中毒的人，驱除那些害人的水莽鬼。他母亲问他：为什么不寻替身？他回答说：“儿深恨此等辈，方将尽驱除之，何屑此为！”作品在批判损人利己“人鬼颇同”的世风的同时，塑造一个舍己为人、扫除邪恶的可敬人物，表达了作者的光明心地和道德理想。

三

封建社会的“奸情丑态”多种多样，千奇百怪，以至成为某些人的癖性，深入骨髓。书中有些短小精悍之作就是表现、讽刺某种癖性的。《死僧》中的和尚被强盗杀死，他的灵魂“浑身血污”，但不悲不戚，匆匆登上佛座，“抱佛头而笑”。人们打开佛头一看，里面藏着三十两银子。原来这个丢了性命的和尚是为藏金没被劫走而高兴。这就把他爱财胜过爱命的癖性有力而又有趣地突现出来，让人觉得十分可笑。《青蛙神》前后两篇。第二篇也是嘲讽、惩罚爱财如命的吝啬鬼的。其形象结构也很别致：某乡集资修关帝庙，人人尽力，独富商周某“一毛所不肯拔”，后来摄于蛙神的威力，不得已报一百两银子，但又迟迟不肯交纳，直到巨蛙上门，登床据户，他才一会儿三十，一会儿五十，像挤牙膏似的交出银子。神奇的惩罚显出吝啬成癖的可鄙和可笑，寓庄于谐，生动有趣。

书中讽喻癖性，常不写人而写鬼，写人死后还继续生前的某种嗜好或追求，在读者心中造成一种死而不已、死而不悟的深刻印象。这是一种人物自我映衬法，以其死后映衬生前，效果常常事半而功倍。前面谈到叶生、司文郎死后还热衷科第举业，和尚被杀以后还不忘佛头中的藏金，都是用的这种笔法。再看《棋鬼》和《酒狂》。前者的主人公嗜棋成癖，荡尽家产，气死老父，被阎王索去，下了地狱。后来东岳凤阁落成，征作碑记，阎王看他是个读书人，许他出来，应征自赎。他在路上见人下棋，癖性大发，连下数局，误了作文的期限，因而重被罚入地狱，“永无生期”。这比平时说的“废寝忘餐”更进一步，可谓“贪棋不顾命”。《酒狂》的主人公是酗酒之徒，醉则使酒骂座，因此被鬼捉到阴间，等候发落。他起初心怀恐惧，表示要痛改前非；一旦获释有望，即刻旧病复发，居然同鬼大耍酒风，被推入奈河受尽残酷折磨。即使如此，还是不能悔改，还阳一年后，依然酗酒，“骂主人座”。真是邪癖入骨，冥顽不化。这种自我映衬之法是神话小说所独有的，通过神异的幻想性夸张显示人物的本质特征，色彩强烈而鲜明。

法国寓言诗人拉封丹“使唤动物教训人类”，蒲松龄有时也这样做。讽喻世情的《丑狐》《武孝廉》《胡四相公》等篇都是用狐教训人的。《小翠》中的老狐当年受过王太常的无心庇护，后来就把“仙品”的女儿小翠送到王家，给他那“绝痴”的儿子做妻子，小翠不仅美丽，贤惠，还用狐仙的法术为身为御史的王太常消灾增福，使无端陷害他的官僚获罪充军。就是这样的小翠，失手打碎一只玉瓶，王氏夫妇就大发雷霆，“交口呵骂”，使她不得不羞愤离去。作品从对待恩德的态度方面把狐与人做了对比：“一狐也，以无心之德，而犹思所报；而身受再造之福者，顾失声于破甑，何其鄙哉！”这也是用狐教训人，教训那种衣冠楚楚、重利轻义的卑鄙之徒。还有一篇《八大王》，主人公是个贪杯的老鳖，醉后拦路，蛮不讲理，后来认出是救过自己的大恩人，即刻倒身下拜，以礼相待，赠以鳖宝，而且听从劝告，从此戒酒。作者创造这个形象，一方面，讽喻那些酗酒之徒“醒则犹人，醉则犹鳖”；另一方面，又反衬某些忘恩负义，癖性难改的人“醒不如人，醉不如鳖”，为上列人等制作一面奇特的鳖鉴，要前者以鳖为戒，使后者以鳖为师，是颇富匠心的艺术创造。

本书讽喻世情的作品，内容和形式多种多样，造成五彩缤纷的气象。《堪舆》中的宋公迷信风水。宋公死后，两个儿子各请一伙风水先生，各择一处坟地，互不相让，致使死者多年不得安葬。《姚安》中的姚安因为怕美貌的妻子与别人私通，就如影随形，寸步不离。妻子回娘家，他用两手支袍，遮掩上轿，再将轿封好，做上记号，而后乘马“驰随其后”。《单父宰》中的两个儿子害怕父亲与继母生育子女，分去财产，竟将其父阉割致死。凡此种种，不一而足，都是在变态心理支配下发生的奇闻怪事，也是世风每况愈下的产物。蒲松龄笔下的世人真是千姿百态，无奇不有。

蒲松龄是正直的知识分子，但他的道德观念是孔孟之道。在讽喻恶劣世风的同时，不可避免地宣扬了封建道德和上下尊卑的等级观念，《珊瑚》表彰贤妇甘受婆婆的虐待，以德报怨；《邵女》赞美小妾甘受大妇凌辱，“以分自守”。他们虽然也反映了某种真实的生活和人情，有着这样那样的价值，却又都在压迫与被压迫的关系中提倡忍让，而不是抗争，其中不仅有时代的局限，也掺杂着个人和阶级的偏见。

第六章　讴歌爱情美不胜收

刺贪刺虐、讽喻科举与世情大都属于寓意小说。与此相对，《聊斋志异》还有大批人情小说，或称美情小说，描述与表现美好的心性、情怀、爱欲和日常生活，“使花妖狐魅，多具人情，和易可亲，忘为异类”[①]。其中分量最重、成就最高，也最引人注目的是爱情小说。全书数十篇有关青年男女的恋爱、婚姻故事，篇幅漫长，情事委曲，形象生动，多姿多彩，是我国古代短篇小说的一大奇观。当然，这不是描述社会与人生的现实主义的爱情奇观，而是源于作家理想与人物内心的神异浪漫主义的爱情奇观。

① 鲁迅：《中国小说史略》，第167页。

一

产生《聊斋》的时代，是男女授受不亲的封建时代，人们追求爱情的天性遭到封建礼法和世俗观念的重重禁锢和反对，即使如此，也还是以种种形式曲折、顽强地表现出来，显示它那难以压抑、永不泯灭的力量与光辉。写鬼写妖的超现实小说以其神奇变幻的笔法将生活中的爱情美化、诗化、理想化，造成一个个如醉如痴、置封建礼法于不顾的青年恋人，绘出一幅幅男欢女爱、绚丽多彩的艺术图画。《婴宁》中的王子服爱上姣美的少女婴宁，寻到南山，畅叙心曲；婴宁无拘无束，不羞不避，高高兴兴地做了新娘。《葛巾》中的常大用钟情于葛巾，便与她相期相会，频频往来，随即做了恩爱夫妻。《晚霞》中的阿端与晚霞是龙宫中一对杰出的舞蹈演员，由相慕而相爱，由相爱而相思，终于幽会在莲花池畔，结为情侣。还有《阿宝》与《连城》，男女主人公都是现实中人，家庭贫富悬殊，但双方倾心相爱，生死不渝，精诚所至，金石为开，借助神异的力量，超越重重障碍，终成美满眷属。这些青年男女的结合，都没有什么父母之命，媒妁之言，而凭个人的意志、感情进行自由恋爱的产物，与当时普遍存在的家庭包办的封建婚姻形成强烈、鲜明的对比。在这些婚姻中起决定作用的是当事人的情，作品大力表现、讴歌的也正是这个“情”字，不少篇章把青年男女的痴情写到寝食俱废、舍生忘死乃至梦魂相逐的地步，有很强的艺术感染力。《阿宝》中的孙子楚思念阿宝，居然灵魂出窍，追随恋人，行坐不离，被巫招回家后，深以为恨，灵魂再次出窍，借鹦鹉之躯，重新飞到阿宝身边。《连城》中的乔生与连城彼此倾慕，情深意切，连城病故，乔生竟然悲痛致死，到阴间继续寻找连城，鬼友要送他还阳，他当即谢绝，说是“乐死而不乐生矣”，只求鬼友给他打听连城托生何处，他也跟着一起去。阿端与晚霞也是这样，为爱情双双“凝思成疾，眠餐俱废”；已经怀孕的晚霞被吴江王留在宫中，阿端数月不得见，“痴想欲绝”，后闻晚霞投江而死，自己也悲愤投江，决计与她同死。还有《香玉》，与白牡丹花仙相爱的黄生，死后灵魂化为牡丹，生长在白牡丹旁边，被小道士砍去以后，白牡丹也憔悴而死，真是“花以鬼从，人以魂寄”，生生死死，至情不移。可以毫不夸张地说，这些篇章以及其他多篇爱情小说都是地道的爱情的颂歌和赞美诗。人物感情的深挚，作者歌赞的热烈，是我国小说史上所仅见的。这无论如何也是对封建礼教的挑战和冲击，具有鲜明的反封建意义。

《聊斋》不仅正面歌颂了青年男女的自由恋爱，赞美他们如火如荼的爱恋激情，有些作品还直接抨击了阻挠、破坏两者结合的封建势力，展示反封建的矛盾和斗争。《连城》、《鸦头》和《晚霞》都是其中的佼佼者。《连城》的父亲史孝廉拿出女儿的刺绣，征求少年题咏，本来“意在择婿”，而当连城由于欣赏乔生的诗对他产生爱情时，史孝廉又嫌贫爱富，横加阻挠，将她许给盐商之子王化成。后连城病危，治病的头陀须用男子膺肉一钱做药引。王化成不予理睬，史孝廉又对人说：有能割肉者就将女儿嫁给他。乔生为救连城，慨然割胸，事后史孝廉又食言背盟。再后，男女主人公双双经过死而复生的磨难和斗争，婚配似乎不成问题，不料王家贿赂官府，又将连城判归王氏，只是由于连城绝食拼死，王家怕出人命，才将她放还，与乔生团聚。这一生生死死的恋爱过程，充分写出封建势力的强大、顽固，有情人结合的千难万难。史、王、官府分别代表族权、夫权、政权三种势力，三者联通一气，互相勾结，筑成一道坚实、高厚的封建壁垒，争取婚姻自由的青年男女即便以死相拼、以命相搏，也难以突破，达到胜利。这是这篇作品的深刻和独到之处，也是其思想价值、社会意义的重要所在。《鸦头》另是一种情况，主人公鸦头身陷娼家，争取爱情自由和争取人身自由是结合在一起的，富于独特的反封建色彩。有志气的鸦头宁肯受狐鸨的鞭打，也不肯做妓女，后与王文相爱，毅然私奔，逃出苦海，但不久又被狐鸨“捉发提去”，受尽折磨，长年囚禁。她宁死不屈，“矢志不贰”，最后儿子长大，杀死狐鸨，将她救出，才与王文重新团聚。专横残暴的狐鸨不仅是人间妓院老鸨的化身，也是束缚、禁锢女性的封建锁链，给渴望得到自由幸福的鸦头造成巨大的压迫和深重的灾难。《晚霞》中的龙宫“宫法森严”，私会、私孕绝不允许。主人公双双投水自尽是严酷的环境逼迫所致，是发生在宫廷的爱情悲剧，矛头直指王公王法。至于两人因投水而复生，从而达到美满结局，不过是作家的幻想而已。这些作品的思想倾向十分清楚，作者蒲松龄始终站在青年男女主人公方面，赞助他们的反抗行动和斗争精神，与封建礼法大唱反调。连城复生之前先与乔生做夫妻，理由是“生后何能自由？”这实际上明白地说出现实婚姻不自由，反映了作者对封建婚姻的不满和他所持的批判态度。

书中爱情小说并非单纯描写男女间的异性情爱，不少作品同时还着力表现恋爱主人公的思想品格。其讴歌的一对对痴情男女几乎都是正直、坦诚、心地善良的书生和少女。可爱可亲。有的还特地铺陈、渲染，强调爱情的思想基础。痴情于阿宝的孙子楚虽是名士，却非常忠厚、朴讷，“座有歌妓，则遥望却走”，因而被人称为“孙痴”，与那帮自作聪明的“轻浮少年”恰成对照。《聂小倩》中的宁采臣独宿空斋，女鬼对他先诱以色，后诱以金，都被他严词拒绝，弃置不顾。正是这种不贪财色的道德品质打动了女主人公的心。《连城》在这方面更为突出，开头就大书乔生“为人有肝胆”，并特写两件急难救人的慷慨义举：一是“与顾生善。顾卒，时恤其妻子”。二是“邑宰以文相契重；宰终于任，家口淹滞不能归，生破产扶柩，往返二千余里。以故士林重之，而家由此易替”。连城爱慕的是这样一个重义轻财的有德之士。乔生爱连城，也不仅因她貌美手巧，更因为她重才华，不重门第，了解自己，关心自己，两人的爱情不是一般的男女之爱，而是异性知己之爱。这在当时的历史条件下是非常难能可贵的，作者写到这个深度和高度也是难能可贵的。再看《瑞云》，女主人公是杭州名妓，倾心爱慕她的贺生，虽然得到她的青睐，却由于家贫无法相聚，“惟有痴情可献知己”。后来仙人用异术将瑞云满脸变黑，沦为婢女，“蓬首厨下，丑状类鬼”。在这种情况下，贺生典卖田产，为她赎身，娶她为妻，笃情相爱。他对瑞云说：“人生所重者知己，卿盛时犹能知我，我岂以衰故忘卿哉！”后来仙人又将瑞云的黑色洗去，使她“艳丽亦如当年”。这是一曲知己之爱的热烈赞歌。仙人的异术不单是成全有情人的理想手段，也是作者精心设计的考验贺生的方法和试金石。使他那种“所重者知己”“不以妍媸易念”的思想精神得到强有力的艺术表现。还有《巩仙》中的尚秀才，他与鲁王府中的歌女惠哥情好甚笃，后来他借助巩仙之助可向鲁王讨出惠哥，鲁王见惠哥已三十二岁，说他可以在鲁王府的众多年轻歌妓中任选一个，他却一概不选，只要比他妻子还年长两岁的惠哥。凡此种种，都显出主人公光明磊落的挚爱心地。

二

不过，综观全书的爱情小说，其最主要价值还在于充分写出了爱情的美，写出了爱的奇光异彩、姹紫嫣红，有十足的人情味和生活气。因而特别耀人眼目，美不胜收。我们看几篇代表作展示的动人情景吧。

《婴宁》。书生王子服元宵节郊游，得遇“容华绝代”、手持梅花的少女婴宁，心生爱慕，注目而视；少女口中说他“目灼灼似贼”，却将手中花丢在地上，同婢女说笑而去。王生拾得梅花，相思成疾，后来听人谎说那是他自己的表妹，住“西南山中”，就去寻找。在一个环境幽雅的山村居然找到。当时婴宁“执杏花一朵，俯首自簪，举头见生，遂不复簪，含笑捻花而入”。经过一番周折，两人认了表兄妹，又在园中相遇。“嬉不知愁”的婴宁正在树上戏耍，见王走来，“狂笑欲堕”，王从地上将她扶起，她又笑起来。接着是这样一段对话：

> 生俟其笑歇，乃出袖中花示之。女接之曰：“枯矣。何留之？”曰：“此上元妹子所遗，故存之。”问：“存之何意？”曰：“以示相爱不忘也……”女曰：“此大细事。至戚何所靳惜？待兄行时，园中花当唤老奴来折一巨捆，负送之。”生曰：“妹子痴耶？”女曰：“何便是痴？”曰：“我非爱花，爱捻花之人耳。”女曰：“葭莩之情，爱何待言？”生曰：“我所谓爱，非瓜葛之爱，乃夫妻之爱。”女曰：“有以异乎？”曰：“夜共枕席耳。”女俯思良久，曰：“我不惯与生人睡。”

这是爱情描写的绝妙之笔。一个求爱心切，直言不讳；一个茫然不觉，憨态可掬。一个愈说愈露，唯恐对方不觉；一个愈答愈奇，烂漫近乎痴呆。对话南辕北辙，人物神气活现，生活意味清新、浓郁，沁人心脾。它还使我们想到另一种情景：男方急于求成，句句言情；女方心中明了，却假装不懂，故意打岔，让对方更加情急意切。这么理解，婴宁又不是那么天真无邪，而显得聪明、狡黠了。一个场景，为什么可作两种不同的理解？因为婴宁既是人，又是狐仙，情态不必刻板确定，过于拘泥。无论作哪种理解都是美的。作品反复描写婴宁爱笑和爱花，不仅使人物大为增色，也为爱情大添光彩。

蒲松龄写过一首小令《山花子》，词云：

> 十五憨生未解愁，终朝顾影弄娇柔。尽日全无个事，笑不休。　　贪扑蝶儿忙未了，滑苔退去凤罗钩。背后谁家年少立，好生羞。

这首词里前半阕的人物很像无忧无虑的婴宁，“憨生”“笑不休”尤似。后半阕因掉了鞋子被小伙看见，觉得害羞，就不似婴宁的乐天性格。若是婴宁扑蝶掉了鞋子，定要开怀大笑一场。所以她不是现实的女孩儿，而是超现实的半人半仙的女孩儿。《山花子》中的女主人公只有前半可做她的原型。其超现实的美乃是作者的想象和创造。

《葛巾》。癖好牡丹的常大用与花仙葛巾初次相遇，即生爱慕之情，但有桑媪在旁，不得接近，还遭后者一顿申斥，归来悔惧、相思，“憔悴欲死”。第二次相遇，“幸无他人”，正欲攀谈，“老妪忽至”，又把二人冲散了。当晚，常生登梯越墙赴葛巾之约，不料另一花仙玉版正与葛巾下棋，往来三遭，无机可乘，败兴而返；次夜又去，“幸寂无人”，才入其室，玉版又来，急忙藏身床下，玉版邀葛巾去“为长夜之欢”，葛巾借故不动，玉版说：“如此恋恋，岂藏有男子在室耶？”不容分说，硬把葛巾拉走。经过这些波折，常生愈加思念葛巾，但又心怀恐惧，“不敢复往”，而葛巾忽来相就，做成美满夫妻。作者把两者的恋爱过程写得山重水复，摇曳多姿，从而充分显示青年恋人忽喜忽忧，忽惊忽惧的心情意态，恋爱生活的多种韵味和情趣。前山才过，后山又来，佳境翻新，目不暇给。但明伦于篇末评曰：

> 此篇纯用迷离闪烁，夭矫变幻之笔，不惟笔笔转，直句句转，且字字转矣。文忌直，转则曲；文忌弱，转则健；文忌腐，转则新；文忌平，转则峭……事则反复离奇，文则纵横诡变。观书者即此而推求之，无有不深入之文思，无有不矫健之文笔矣。[①]

① 张友鹤辑校：三会本《聊斋志异》，第1443—1444页。

这是熟知文笔功夫的经验之谈。

《白秋练》。白鳍豚变化的女主人公喜爱诗词，慕蟾宫在舟中吟诗，她就在外面偷听，由此爱上这个书生，忧思成病。其母登门求婚未成，便趁慕父回乡之机，将女儿直送慕生舟中。秋练虽然病重，得同穆生亲近，十分欣喜，要他吟咏自己平日喜欢的诗；慕生才吟两遍，她就揽衣起坐，大病若失。后来慕生随父回乡，也相思成疾，慕父不得已以舟载子，来寻秋练。秋练登舟，为慕生吟咏他们喜欢的诗词，慕生欢跃而起，其病大愈。这种以吟诗治病的情景近乎神话，突出了爱情的精神力量，既是生活的反映，又是生活的美化和升华。

《晚霞》本是爱情的悲剧，却以浓重的笔墨渲染爱情的美好。前面描写龙宫各部大表演的盛况，突出阿端的高超技艺和晚霞的翩翩舞姿，然后让这天生的一对相思成疾，在一片莲花地里幽会："叶大如席，花大如盖，落瓣堆梗下盈尺"；阿端先到，坐待花中；晚霞后来，拨莲而入。两人"相见惊喜，各道相思"。随即"以石压荷盖令侧"，作为屏障，"又匀铺莲瓣"，且当床席。这样别致的兰闺洞房雅如仙境，美如画图，把两个青年演员纯而且美的爱情映衬得更纯洁、更美好。如冯镇峦评："人间所谓兰闺洞房，贱如粪壤。”[1]

诸如此类，《香玉》《连琐》《阿绣》《花姑子》《西湖主》《绿衣女》等名篇佳作，各自写出青年男女相亲相爱的诗情画意，并通过幻异的身份将爱情美化再美化，远超人间，赏心悦目，结出浪漫主义的艺术课。

三

在古体小说中，爱情主题古已有之，《搜神记》中的吴王小女与韩重、卢充与崔氏女的幽婚故事，《幽明录》中的卖胡粉女子与买胡粉男儿幽会事，石姓女离魂奔赴所爱庞阿家事，不一而足。但都比较粗糙，只写故事轮廓，少有生活与感情的细致笔墨。小说至唐而一变，而且如鲁迅所说，“篇幅曼长，记叙委曲”，但除去个别特例如《游仙窟》，很少描写日常琐事。爱情小说从《离魂记》到《李娃传》，再到《无双传》，都围绕爱情与婚姻的波折展开情节，并未产生生活小说。《聊斋志异》不然，其爱情小说注重表现主人公的日常情事，精神生活，这是狐鬼花妖“多具人情”的富于生活气和人情味的原

① 张友鹤辑校：三会本《聊斋志异》，第1479页。

因所在，也是作品富于魅力的重要因素。比如《连琐》，鬼女连琐月夜苦吟，书生杨于畏为她续了两句好诗，她就来到杨的房中。两人剪烛共话，谈诗论文，“虽不及乱”，却“欢同鱼水”。她为杨抄书，教杨下棋，又自选宫词百首，时常吟咏；还弹琴度曲，“挑灯作剧”，精神生活丰富多彩。《梅女》是人情、寓意参半之作，女主人公也不像连琐那样多才多艺，而作品还是腾出篇幅，写她教封生做交线之戏（俗称翻罗罗网），“促膝戟指，翻变良久”“愈出愈幻，不穷于术”。还特写她的按摩技术：“手所经，骨若醉”“握指细擂，如以团絮相触状”，很快就使人沉沉入睡。再看狐女小翠同王家痴公子做的游戏。先是“着小皮靴蹋包”，叫傻女婿追逐、拾取，以至将包蹋到公公王太常头上。后又用脂粉给公子涂大花脸，公子因此挨打，她下跪求情，为他拍尘土，擦眼泪，“摩挲杖痕”，还拿枣和栗子哄他。再后关起门来，同他在屋里玩，“装公子作霸王，作沙漠人”，自己时而扮虞姬，穿艳服，束细腰，“婆娑作帐下舞”；时而扮王昭君，“插雉尾，拨琵琶，丁丁缕缕然”。这方面突出的还有《小谢》，两个小鬼头起初同陶生捂眼睛、捋胡须，用细物穿鼻刺耳，随后又为他淘米做饭，争献殷勤。更有趣的是两女以陶为师，学写字。开始小谢劣不成书，陶生“把腕而教之画”，秋容见了很不高兴；陶生又把手教秋容，还故意夸她“大好笔力”，使她欢喜。后来，小谢的字“居然端好”，陶生偶尔夸赞几句，秋容就满面羞惭，以至“粉汗淫淫，泪痕如线”。陶生百般安慰，才恢复常态。《小谢》颇多这样的艺术描写，把两个小鬼头写得极富人情味，把恋爱生活的日常情事、佳境妙趣生动逼真地展示给读者。

《聊斋》的人情小说，特别是爱情小说，强化了生活性，削弱了故事性，一步步改变小说的形态，使故事小说在向生活小说转化，并产生了堪称生活小说的《狐梦》。这是一篇全无寓意的纯人情小说。男主人公是蒲松龄的朋友毕怡庵，他是作者馆东毕际有之侄，“倜傥不群，豪纵自喜。貌丰肥，多髭”。每读蒲作《青凤传》“心辄向往，恨不一遇”。其后果然有狐妇送一及笄狐女给他，随后毕氏入梦，参加大姊做东、姊妹同为三妹贺新郎的喜庆场面：

> （二娘）笑向女曰：“妹子破瓜矣，新郎颇如意否？”女以扇击背，白眼视之。二娘曰：“记儿时与妹相扑为戏，妹畏人数肋骨，遥呵手指，即笑不可耐。便怒我，谓我当嫁僬侥国小王子。我谓婢子他日嫁多髭郎，刺破小吻，今果然矣。”大娘笑曰：“无怪三娘怒诅也，新郎在侧，直

尔憨跳。”顷之，合尊促坐，宴笑甚欢。忽一少女抱一猫至，年可十一二，乌发未燥，而艳媚入骨。大娘曰：“四妹妹亦要见姊丈耶？此无坐处。”因提抱膝头取肴果饵之。移时，转置二娘怀中，曰：“压我胫骨酸痛！”二姊曰：“婢子许大，身如百斤重。我脆弱不堪。既欲见姊夫，姊夫故壮伟，肥膝耐坐。”乃捉置毕怀。入怀香软，轻若无人。毕抱与同杯饮。大姊曰：“小婢勿过饮，醉失仪容，恐姊夫所笑。”少女孜孜展笑，以手弄猫，猫戛然鸣。大娘曰：“尚不抛却，抱走蚤虱矣。”二娘曰：“请以狸奴为令，执箸交传，鸣处则饮。”众如其教。至毕辄鸣，毕故豪饮，连举数觥。乃知小女子故捉令鸣也。因大喧笑。二姊曰：“小妹子归休。压杀郎君，恐三妹怨人。”小女郎乃抱猫去。

这是男主人公所做的异梦，又是人间常见的闺阁闲情。姊妹以婚嫁、情爱相戏相嘲，句句毕肖，笔笔入妙，充分显出爱情的美好，亲情的美好、生活的美好，具有很强的艺术感染力。读来如饮醇酒，如对奇花，令人目眩神迷，神清气爽。这又是一篇生活小说。唐人小说中虽有《玄怪录》中的《刘讽》和《博异志》中的《崔玄微》《刘方玄》，女子对话声口宛肖，近似本篇，但人物凭空而降，倏地而灭，亦非日常情事，类属志怪。本篇人物从男女结合到姊妹贺新郎，均属日常生活，日常话语，故谓之生活小说。当然，诸女为狐所化，所以并非拟实的生活小说，而是写意的生活小说。本篇将生活小说的写意艺术发展到极致。这也是《聊斋》超出历代古体小说成为巅峰之作的一个重要因素。

本书的爱情小说还有《青蛙神》（前篇）、《莲香》、《张鸿渐》、《翩翩》等优秀篇章。其主要内容不是写青年男女的恋爱情事，而是他们结合以后的感情纠葛和生活意态。由于结合了神异幻想的艺术内容，情事被虚化、美化，造成许多既富生活气息、又富浪漫色彩的艺术形象。《青蛙神》中的十娘是蛙神之女，下嫁薛昆生相亲相爱。但十娘门第高贵，有功于薛家，虽谦逊，却“善怒”；昆生更是“少年任性”“盛气不屈”。因而多次发生口角，致使十娘三次离开薛家。最后一次全怪昆生（他用十娘最怕的蛇吓她）。十娘走后，昆生又“怀念十娘，颇自悔”，而蛙神欲将十娘另嫁袁氏。就在昆生愧愤交加，“废食成疾”之时，十娘突然归来，说她“千思万思而不忍抛弃昆生”。从此两人不再争吵，“情好益笃”。作品虽然写的是虚幻的蛙神，却把人间青年夫妇的口角纷争和深挚情爱表现得异常真切、生动，惟妙惟肖，读来感到十分亲切。把现实的真情与幻想的形式结合得如此完美，实属罕见。当时是一夫多妻的封建社会，妻妾之间的嫉妒、猜疑以及由此产生的夫妇之间的矛盾、纠葛在所难免。《莲香》中的桑生与一鬼一狐的爱情故事优美、奇幻，扑朔迷离，而归根结底是上述现实关系的反映，也是作者企图改善这种关系所做的努力。作品成功地创造了两个在追求爱情幸福过程中表现了不同性格的青年女性。狐女莲香成熟、大方、心胸开阔。鬼女李氏稚气、娇羞、心地狭隘，嫉妒性也就更强、更突出。她问桑生：她与莲香谁更美？听桑生回答“可称两绝”，立刻“变色”，担心自己不及莲香，“因而不欢”，并为此偷看莲香。这是该篇小说最真实的细节，是现实生活中妻妾比美争锋的生动写照。还有那篇半人情小说《张鸿渐》，主人公抛妻弃子，逃难在外，与狐仙施舜华组成新的家庭，又时常思念妻子方氏。狐仙变化成方氏模样进行试探，使张说出他与舜华“虽云情好，终非同类”的真心话。这一幻想情节把外遇情人的嫉妒和疑虑，以及男子不能感情专一不得不虚与周旋的情景，统统巧妙地表现出来，逼真，传神，情味十足。《翩翩》中的王子浮是个浮浪子弟，与翩翩结合后又挑逗花城。不过，他所穿的衣服都是翩翩用蕉叶变幻的，一动邪念就立刻化为蕉叶，大出洋相，被两个仙子快言快语嘲笑一番。这种情节、画面，就像神奇的宝镜，把人情世事框在里面，似真似幻，亦常亦奇，绚丽多彩，分外好看。

最后谈谈《娇娜》和《宦娘》，两篇的重心不是爱情，又关乎爱情，是写异性间的亲密友情。狐女娇娜精通医术，曾为孔生做过“伐皮削肉”的胸疮切除手术。孔生甚是爱她，而因其年幼，未能如愿。以后两人都结了婚，在危难之际，仍能不顾一切地互相救助，从而成为“良友”“腻友”“棋酒谈宴”，亲如兄妹。这个美丽的故事在封建社会是不可能发生的。一个少女为书生把脉诊病、割肉疗疮；一个少妇同男性接唇呵气，以救其性命，都是无法想象的。作者以奇情、浪漫之笔把这一切写得很美，热情地讴歌，体现着作者的生活理想，也开辟一片崭新的艺术天地。无独有偶，鬼女宦娘羡慕温如春的高超琴艺，用偷听的办法跟他学琴。她知道温很爱她，但因为自己是鬼，不能与他结合，便费尽心思成全他与良工的婚事，报答他的爱恋之情。最后学成琴艺，也同温生、良工结下了深厚、纯洁的友谊。情事曲曲折折，着力表现少女的美好心地；多次描写抚琴，听琴，还嵌入一首倾诉爱情的《惜余春》词，具有浓郁的抒情味和清新的意境美。

《聊斋志异》的爱情小说是百花争艳的美的世界。但美中也有不足之处。这主要表现在部分作品以赞赏的笔调描写双美共夫的婚姻与爱情，美化了一夫多妻制。这是当时社会现实的反映，也是作者蒲松龄的思想局限。《莲香》《小谢》《香玉》《连城》无不如此。特别是《连城》，在男女主人公精诚、专一的美好爱情中，硬要塞入一个非乔生不嫁的宾娘，达到双美共夫的结局，对作品的思想和艺术都是一个显眼的瑕疵。

四

蒲松龄为什么会写出那么多美不胜收的爱情小说？回答这个问题，我想还得从其作品所表达的思想和理想中寻找答案。

《聊斋志异》中的爱情作品最突出的思想主题是让青年人婚恋自己做主，让有情人皆成眷属。且不说那些鬼狐之作，只就男女主人公都是现实人物的作品而言，《连城》《阿宝》《瑞云》《巩仙》《王桂庵》《寄生》无不如此。《连城》是其中之最，双方互为知己的最终结合，生生死死，无以复加，任何现实的力量都无法阻挡。在当时的封建社会，抗争者最多只能以命相拼，却无法保证抗争必胜；只有蒲松龄这样极具理想的浪漫主义精神又勇于采用超现实艺术方法的小说作者才能赋予人物以必胜的途径和力量。人物为爱情死而复生的当推汤显祖的《牡丹亭》，所以王士禛评《连城》：“不意《牡丹亭》后复有此人。”冯镇峦再评：“《牡丹亭》丽娘复生，柳生未死也。此固胜之。”[①]只就双双而死，又双双而生而言，《连城》确实胜过《牡丹亭》。连城在还阳之前，担忧“生后何能自由”，故而对乔生“先以魂报”。这在当时也是对贞节观念的一种突破，不可等闲视之。《阿宝》写孙子楚痴情于阿宝，自剁枝指，梦魂相逐；阿宝也不相负，“蓬茆而甘，藜藿不怨”，其父母也通达而“从之”，连阎王和皇上都高看钟情的阿宝，或赐再生，“赏赉有加”，实际都是蒲松龄理想的展示。《聊斋志异》写了偌多现实人物男女相恋，终成眷属，且大力歌赞连城与乔生竭力抗争封建婚姻的邪恶势力，其利用花妖狐魅之便，在《婴宁》《香玉》《葛巾》《青凤》《晚霞》《连琐》《聂小倩》《白秋练》等篇大力讴歌男女的自由相爱与结合就是十分自然的了，既抒写了其时世间少有的男欢女爱的佳美情怀，又是对封建理学清规戒律的曲折反抗。没有对封建婚姻的内心不满和反感，就不会大写特写种种奇幻的自由结合的爱情小说。

妓女与书生的恋情是蒲松龄关注的特别之点。如瑞云与贺生相爱而难于亲近，鸦头与王生亲近而难成永好，细侯与满生相爱相亲却遭人破坏，作者通过神异之术或畸人异行使之克服

① 载张友鹤辑校三会本《聊斋志异》，第367页。

艰难险阻，达到完美的团聚，从而显示对妓女真爱的珍视与回护，对正义之爱的同情与礼赞，对邪恶势力的鄙薄与抗争。

与爱情小说相关联的是夫妻关系、婆媳关系和翁婿关系，这方面的典型作品是《青蛙神》（前篇）。不知蒲翁如何体会出蛙女十娘与昆生夫妇之间的恩爱情怀和数次反目，以及婆媳口角、翁婿忿争之类，更令人惊奇的是这位大手笔对如此虚幻人家的家长里短竟有如此浓厚的兴致，写得津津有味，一笔不苟。当然，他对一夫多妻的家庭关系更感兴趣，也着笔更多，《吕无病》《青梅》《嫦娥》《萧七》《莲香》《张鸿渐》等写到多妻关系的种种矛盾纷争。蒲松龄在王永印、孙蕙等多个大户人家教书或做西宾，妻妾不和乃至吵闹的情况见得不少，还写有《“妾薄命”赋赠王八垓》《此有岂理曲》（王八垓与妇对谈之语）《孙给谏顾姬工诗，作此戏赠》之类表现做妾的苦闷和妻妾纠纷的作品。与其在诗文中正视这类现实不同，在小说中却总是倾向于忍让与调和，即使像王天官之女那样霸道的冢妇，最后也让她念佛悔过（《吕无病》）；让脱离了奴婢地位做了司李夫人的青梅对其落魄无着的原来主子“终执婢妾礼”“莫敢当夕”；或使妻子“平善”，为丈夫与新娘子“合欢”（《萧七》）；或使妾辈顺遂，唯冢妇之命是从（《嫦娥》）；或经过磨难，将妒念化为爱敬（《莲香》

之李氏）；或经过试探，退出妻妾纷争（《张鸿渐》之施舜华）。诸如此类，以化解或减少多妻家庭的冲突，以求达到较为理想的和谐。

还有些爱情小说，同时着意表现动物知恩图报。最突出的是《花姑子》和《西湖主》。前者安生“挥霍好义，喜放生”，因曾买放一只被猎的獐，后受蛇精之害，得獐坏道救拔，且与其女相恋生子。后者的陈生只为见猪婆龙（鳄鱼）被人射中捕获，遂动恻隐之心，请放其行，并以药膏戏敷患处，后遭洞庭覆舟之难，得与鳄女幻化的西湖公主成亲，富比王侯。两作委曲宛转，各呈男女爱悦之美情；贫富相去悬殊，共达知恩图报的主题。故前篇异史氏曰：“‘人之所以异于禽兽者几希’，此非定论也。蒙恩衔结，至于没齿，则人惭于禽兽者矣。”

与爱情关联的还有异性友情，《娇娜》《宦娘》都是这类作品。特别是娇娜，作者谓其为孔生的腻友，而且说自己羡慕孔生得此腻友，有与之“色授魂与”之福。蒲松龄在三十一岁南游为孙蕙做幕宾期间，曾结识十四岁的歌女顾青霞，心存爱意，后来顾氏成为孙蕙的妾，应已成为蒲氏心中的腻友。《娇娜》的情节很可寄托生死以之的爱意深情。

这实际就是作者在作品中表现的自恋心态，它也是一个促成爱情小说创作的重要因素。

《聊斋志异》作者对关乎爱情、婚姻的诸多问题有着广泛的感受和兴趣，将它们与幻化的狐鬼精魅结合起来，形成纷繁多样的美好爱情故事，从而造成小说史上爱情主题的一大奇观。

第七章　为巾帼奇人立传

一

鲁迅指出：《聊斋志异》除“记神仙狐鬼精魅故事”以外，“又或易调改弦，别叙畸人异行，出于幻域，顿入人间。”[①]就是说，这部文言小说集除了大量采用狐鬼花妖的神异题材、奇幻内容曲折地表现现实社会与生活理想，还有一部分作品直接描写现实的人事，不过不是一般的、常见的人和事，而是异乎寻常的奇人奇事。此即所谓“畸人异行”。这些作品的最大特点是人物事迹可歌可泣，人物性格鲜明突出；而且大多以一个人物为中心，全篇像是主人公的传记。但比传记文学更集中、更生动、更多故事性和传奇性，更富艺术美和

① 鲁迅：《中国小说史略》，第167页。

感染力，即小说家之笔。如《大力将军》，写吴六奇做乞丐时曾得到名士查伊璜的赏识，解囊相助，后来吴六奇做了将军，就把家产均分两半，一半赠给查伊璜，表示自己“一婢一物所不敢私”，以报答他的知遇之恩。吴六奇、查伊璜实有其人。查名继佐，“字伊璜，号东山，海宁人，崇祯六年举于乡”①，海内名士，终不仕清，著有史书《罪惟录》等。吴六奇，字葛如，一字鉴伯，“海阳籍，本海宁人”②“少负大志，家贫，落拓乞食，冬日袒身行市中，英爽如故。查孝廉伊璜奇其人，尝加周恤……后仕粤西桂王时，尝有功至总兵官；投诚本朝，随尚平南（可喜）屡擒海寇有功，洊至提督。”③查伊璜与吴六奇施恩、报恩亦实有其事，但不像作品写的那样平分家产，而像王士禛在《香祖笔记》（卷三）、钮琇在《觚剩·雪遘》中大致所写的那样：隆重迎送，“留止一载，装累钜万”。蒲松龄通过夸张和虚构把情节和人物典型化了，创造了大力将军慷慨、豪爽、得恩厚报的性格。又如《王者》，记叙占山为王的侠客用非常手段盗去巡抚的不义之财，割去巡抚爱姬的头发，以此惩戒贪官污吏。这件事在同时代人的笔记

① ［清］李聿求：《鲁之春秋》卷二十，咸丰（1851—1861）刊本。
② 李榕柯：《杭州府志》卷一二八，民国十一年（1922）刊本。
③ ［清］昭梿：《啸亭杂录》卷二，清抄本。

中也有记载，内容大同小异[①]，显然是一件当时流播很广的传闻。而《聊斋志异》的记述最集中、最生动、也最富于艺术力。王者其人给人留下深刻的印象。还有一篇《崔猛》，主人公是个刚毅、勇武、打抱不平的义士。他一见不平之事就无法忍耐，不顾个人安危，务必铲除强暴而后快。他又是个大孝子，对母亲百依百顺，唯命是从，唯独母亲要他少管闲事他做不到。不是不听从，而是出门就忘，“苦不自禁”。可以说是山河易改，疾恶如仇的本性难移。有一次，他同母亲去舅家吊唁，路上遇到一个强霸民妇的豪绅正同一群打手殴辱那个妇女的丈夫，他问明情由，“气涌如山”，鞭马向前，就要动武，却被母亲大声喝住。他回到家里不吃饭，也不讲话，坐卧不宁，“辗转达旦”，直到亲手杀死豪绅，才了却心事，安然熟睡。作品通过这样的情节和细节把主人公的本质特征一步步推向高峰，把不同寻常的人物性格刻画得十分鲜明突出。

不过，在《聊斋志异》中，此等人物最多的不是男儿，而是女性，是出类拔萃的女中魁首，巾帼奇人。作者为她们塑像、立传，热情礼赞，产生了《商三官》《庚娘》《侠女》《乔女》《细柳》《仇大娘》《细侯》《颜氏》《张氏

① 参见王士禛《池北偶谈》卷二三《剑侠》和赵吉士《寄园寄所寄》卷十“勇侠”类引无名氏《棣园杂说》。

妇》等一大批脍炙人口的篇章。

二

《商三官》《庚娘》都是惊心动魄的杀仇故事。两者既相似，又不同。商三官的父亲被豪绅指使家奴活活打死，三官的两个哥哥告到官府，官府袒护豪绅，不予理睬。十六岁的三官婚期在即。她首先义正词严地推迟了婚期，随即说服兄长埋葬父尸，不要对官府再抱幻想；然后女扮男装，离家出走。在豪绅寿诞之日，她以艺人身份混入其家，夜杀仇人，而后自尽。作品篇幅不长，情节也不复杂，只用两三件事就把女主人公的非凡胆识和勇毅性格突显出来。她的两个哥哥原来准备保留父尸，企图再告。她反对说："人被杀而不理，时事可知矣。天将为汝兄弟专生一阎罗包老耶？"一句话就显出她对现实的清醒认识，也透露出她将以自己的力量复仇的决心。刺杀仇人之前，她是那样沉着、镇定，举止从容，神态自若，不仅表现了为报父仇视死如归的精神，也显示出胸有成竹、临事不惧的气概。蒲松龄在篇末发的议论中将这位少女的凛然正气同被人们供奉的神灵关羽作比，"愿闺中人买丝绣之"。实际上，这篇作品就是英雄少女的一尊塑像，一座丰碑，可以流传千古的，如王阮亭之评：此商三官，可与三国时为父杀仇的庞娥、唐代小说人物为父、夫杀仇的谢小娥，“得以鼎足矣”。

《庚娘》的女主人公是个美丽、贤惠的少妇，歹徒王十八为了得到她，将她的丈夫、公婆统统打落水中。她在紧急关头不惧不慌，先用好言稳住贼人，然后用酒将他灌醉，杀死报仇。庚娘的胆力、勇气不减商三官，由于身处贼人掌握之中，情势危急，更突出了她的谈笑不惊和足智多谋。商三官杀仇放在暗场，侧写，虚写，气势却足；庚娘杀仇放在明处，正写，实写，更惊心动魄：

> 王喜，具酒对酌。庚娘执酒，劝酬殷勤。王渐醉，辞不饮。庚娘引巨碗，强媚劝之。王不忍拒，又饮之。于是酣醉，裸脱促寝。庚娘撤器灭烛，托言溲溺，出房，以刀入，暗中以手索王项，王犹捉臂作昵声。庚娘力切之，不死，号而起，又挥之，始殪。

此诚异史氏所言：“谈笑不惊，手刃仇雠，千古烈丈夫中，岂多匹雠哉！”比之商三官，各有千秋！

《侠女》的主人公在《聊斋》的人物画廊中独树一帜。她虽然也是个杀仇女性，却与商三官、庚娘迥然不同。她有来去如电的功夫、异乎寻常的剑术，杀人报仇不足为奇。令人惊奇的是她作为侠女的性格。其父在朝为官，被仇人陷害，全家被抄。她背负老母出逃，住在顾生家对门，隐姓埋名。由于受到顾家母子的照顾，又怜悯顾生贫不能娶，特与顾生私生一子，为他家延续后代，却不肯同他结为夫妇；待到母死儿生，一无牵挂，即取仇人之头远走高飞。作品以主人公一心复仇为背景，而用主要篇幅写其日常生活情事，写她与顾生的特殊关系，着力表现人物性格，创造一个“艳如桃李”而“冷如冰雪”，既疾恶如仇，又惜弱怜贫，性格丰满而复杂的侠女形象。通篇无一笔直写侠女，而从顾生母子眼中看主人公，从而增加了“畸人异行”的神秘感，使人忽怪忽疑，忽惊忽叹，对侠女的认识层层深入，不仅造成情节的悬念和波澜，也有利于刻画人物，强化意境，虚虚实实，以实掩虚，繁简得当，重点突出，收到多方面的艺术效果。这一侠女形象，较之唐人李肇等记述的相类女侠有明显的相似之处[①]，蒲松龄很可能借鉴了其中某篇纪事，经过大力改造、生发而成此篇。那几篇的情节大同小异，很像由同一故事演变而生。其与《侠女》的最大不

① 参见朱一玄：《〈聊斋志异〉资料汇编》，中州古籍出版社1986年版，第65—69页。

同，是其女报仇后皆杀子而行，而《侠女》则生儿是为顾生接续后代。这一出发点不同，就改变了全篇的布局和整个的侠女形象。读之可敬，而且可亲。两者的思想、艺术高下悬殊，不啻霄壤。

三

《乔女》《细柳》《仇大娘》《细侯》另是一种情况。作品的主人公并没有身入危境，执刃杀仇的惊险业绩，而是在处理婚姻、家庭的人事关系中创造了奇迹，显出某种超乎常人的思想精神、性格特征。乔女生得黑而且丑，丈夫死后，与幼子过着清贫的生活。丧偶的孟生仰慕其人，不嫌其丑，一心娶她为妻。乔女谨守不嫁二夫的妇德，不肯允婚。不久，孟生暴病而死，非亲非故的寡妇乔女居然前去吊唁，“临哭尽哀”，而且告诉孟生的朋友林生：孟生是她的知己，“前虽固拒之，然固已心许之矣”。这一拒一哭，一拒一许，就把封建社会一个不同凡响的女性活生生呈现在读者面前。当时虽然提倡守节，却并不禁止改嫁。守节的固然不少，改嫁的也大有人在。后者也被一般人视为人之常情。乔女那样的行事，是一般女子做不到的。既反映了她深受封建礼教的束缚，又反映了她的坦诚、坚毅，甚重情义。她的所作所为都出于高度自觉，堂堂正正，无所顾忌。这在她后来的行事中更加突出。孟生没有兄弟至亲，只撇下一个不足两岁的小儿乌头。村里的无赖把孟家的东西“携取一空”，还要“瓜分其田产”。乔女为报答知己，也为了伸张正义，动员林生写状上告，林生口里答应，但怕无赖加害，不敢行动。乔女不顾抛头露面，亲到官府，仗义执言，控告无赖。昏官将她逐出公堂，她仍不罢休，继续为孟家奔走，哭诉，终于感动一位大人先生，为孟家追回田产什物。这场诉讼，通过林生的反衬，昏官的铺垫，充分写出女主人公的正义感和丈夫气。她说服林生的痛切之论，对答昏官的中肯之词，激昂慷慨，大义凛然，为人物形象增色不少。随后作者笔锋一转，又写她为孟生抚育孤子，照料家业，而自己不居其家，不染其财，过着清贫犹昔的生活；对乌头的要求却很严格，俨然是其家长。这又进一步写出她的高尚品格、磊落襟怀。以上三层，各有侧重，又层层递进，使形象愈来愈丰满，在一千多字的篇幅中创造一个棱角分明、光彩夺目的巾帼奇人。但明伦评曰：“美哉乔女，其德之全矣乎：不事二夫，节也；图报知己，义也；锐身诣官，勇也；哭诉缙绅，智也；食贫不染，廉也；幼而抚之，长而教之，仁也，礼也；迨身既死，而犹能止其棺，斥其子，卒以随其归葬之志，得为完人于地下。呜呼，抑何神乎！”[1]这在其所在的时代是中肯而又全面的评价。

细柳也是一个奇女。她自幼迷信相面之术，却又很想“以人胜天”。但凡有人托媒求婚，她一定要亲自相看，结果一个也没看中。最后还是给一个短命丈夫做续弦。这里除隐含某种迷信成分，其正写细柳同命运抗争的努力却是有声有色的。她知道不能长久依赖丈夫，婚后就不太留意做针线活，而把主要精力用来经营田产、家业，替丈夫当家。有一次，衙役来催赋税，她身为妇女，应付不便，只好派人找来丈夫。丈夫取笑她说：你现在应懂慧女不如痴男了吧？细柳因此大哭一场。但她并不气馁，以后早早交纳赋税，不让衙役上门来催，把家管理得井井有条。通过这些细节描写，突出人物的好胜和能干，着墨不多，性格即出。其实，这些笔墨只是引子或序幕，细柳的主要事迹还在丈夫去世以后。她是继室，丈夫前妻撇下一子，名叫长福，她自己又生一子长祜。丈夫死后，长福娇惰不肯读书，屡教不改，细柳便让他同仆人一块干活，一样受苦。乡里对此议论纷纷，以为是继母虐待遗孤，而细柳闻知，“漠不为意”，我行我素，直到长福无法忍受，坚决悔改，才又让他同弟长祜一起读书。长祜愚钝，读书多年，了无长进，细柳就让

① 张友鹤辑校：会校会注会评本《聊斋志异》，第1287页。

他弃卷务农。他怕苦怕累，偷懒闲游，细柳大怒，教训他说，士农工商各有本业，你“既不能读，又不能耕”，岂不要冻死饿死？要他耕作之余间学经商。长祜又背母淫赌，打骂不改。细柳无奈，便给他一个假元宝。长祜后来因此被捕，受尽狱中之苦，从而痛改前非。最后长福登第为官，长祜经商发家，“一贵一富，表表于世”。细柳教子的方式、方法，多是封建家长式的，不足为法。但作品写出主人公的一种思想精神：对亲子、后儿一样相待，一样严格要求，为了教子成人，“不隐嫌，不辞谤”，甘冒恶名，忍辱负重，这就超越世俗之见，难能可贵，成为作者说的“丈夫之铮铮者”。她这样做也是有思想斗争的，听到人们冷言冷语，自己常常背地流泪。但她是个强者，不屈服于世俗之议，也不屈服于命运安排，以其不同寻常的努力，达到自己追求的目标，实际上就是“以人胜天”。

《仇大娘》与前面两篇的写法不同。它不是以一个人的事迹为中心线索，而是叙述仇仲一家的悲欢离合。人物众多，头绪纷纭，情节曲折，多变，故事性很强。但它不是一般的故事小说，而是有思想焦点的寓意之作，人物多为思想服务，形象不太鲜明。唯独仇大娘例外，占的篇幅虽然不多，形象却格外鲜明、呼之欲出。她是家长仇仲前妻所生之女，性情刚猛，远嫁外县，每次回家，都嫌送她的东西少，与父母争吵，为此多年不登家门。后来仇仲被乱兵掳去，家中只剩继室邵氏和两个幼子，村里小人魏名乘机使坏，害得邵氏卧病在床。魏又引其长子淫赌败家，卖妇逃亡，随后捎信给大娘，企图挑起她与继母、兄弟的矛盾纷争，使仇家彻底败亡。不料大娘深明大义，见家境惨淡，“不觉怆恻”，非但不争不闹，还精心侍奉后母，照抚幼弟，投状官府，控告赌徒，夺回田产，愤而持家。即使“里中豪强”，她也敢“握刃登门，侃侃争论”，成了仇家的顶梁柱。不仅如此，她那好争家财的性情也改变了，全家团聚之后，父亲分给她一份产业，她固辞不受。这样，一个奇伟的女丈夫形象拔地而起，矗然而立，仿佛石雕铁铸一般。人物不仅性格突出，而且多面，具有一定的立体感和复杂性；不仅和谐统一，而且有所发展，渐趋完善，使人感到更真实，也更亲切。

细侯是个妓女，一心嫁给只有半亩薄田的满生，因为其人虽贫，“其骨清也”。一个富商用钱买通官府，将满生长期囚禁；又施诡计，骗娶了细侯，生下一子。后来满生出狱，细侯得知真情，竟将抱中孩儿杀死，逃归满生。作者蒲松龄把她毅然逃归的正义行动比作三国时关羽脱离曹操、投奔刘备的义举，给予很高评价，同时也批评她杀死幼子的残忍行为。正是这种正义与残忍的结合，义妓与忍人的结合，造成细侯的独特性格和奇女形象。

四

封建社会，妇女受的压迫最深，受的束缚也最多，智慧、才能难得发挥，甚至产生了“女子无才便是德”的谬论。蒲松龄的妇女观基本上是儒家的，提倡“三从四德”，拥护一夫多妻，慨叹乾纲不振，甚至说什么“天下贤妇十之一，悍妇十之九”（《江城》）。即使上述歌赞巾帼奇人的作品，也掺杂一些封建成分。不过，这位古典作家的妇女观更有进步的一面。他除了为妇女被压迫、被奴役鸣不平之外，还赞美她们的智慧和才能，《颜氏》《张氏妇》都是突出的例子。颜氏是个压倒须眉的才女形象。她自幼聪明好学，十多岁就会吟诗作赋，丈夫是“丰仪秀美”的翩翩少年，却虚有其表，性钝才疏，由颜氏伴读也无济于事，多次应考，都名落孙山，穷愁困顿，“嗷嗷悲泣”。妻子说他不如自己，他还不服气，看不起妇女。好胜的颜氏一气之下，女扮男装去应考，结果连战连捷，登科及第，官至御史，富比王侯。这种写才女应试，获取功名的小说、戏曲，在文学史上不乏其例，但一般都是作为风流韵事来写，最后才女得配才子，不免堕入才子佳人的老套。《颜氏》的人物形象和思想结构都别开生面，焕然一新。作为才女的主人公与头顶儒冠的丈夫形成鲜明的对比。那个有貌无才、“不能自立”的某生始终是才女形象的陪衬人，不仅他自己感到惭愧，而且使“天下冠儒冠、称丈夫者，皆愧死矣！”全篇大长女性的志气，大灭男子的威风，为广大被歧视的妇女扬眉吐气。这实际上是对男尊女卑的一种否定，有其明显的社会意义。

如果说《颜氏》赞美的是书香门第女子的才华，那么，《张氏妇》就是歌颂农家劳动妇女的智慧。作品开头大书特书：“凡大兵所至，其害甚于盗贼。”随即叙述康熙十三年（1674）三藩作乱之际南征的蒙古兵在兖州一带的暴行：“鸡犬庐舍一空，妇女皆被淫污。”张氏妇就在这场大灾难中发挥才智，“巧计六出”，不仅保卫了自己，还将三个暴兵置于死地。其中两个落入她的陷坑，被她放火烧死；另一个“甚无耻，就烈日中欲淫妇”。她先暗地以针刺马，迫使他将马拴在身上，然后用巨锥“猛刺马项”，马负痛狂奔，把无耻之徒活活拖死。作品着力描写女主人公面对野蛮残暴的官兵，不惊不慌，不惧不怒，举措自如，稳操胜券，大有谈笑灭虏之风。对这位农妇过人的胆量和智慧极尽歌赞之能事。“奇计六出”，语出《史记·陈丞相世家》“凡六出奇计”，诸如此类巧用古书妙文在《聊斋志异》中所见多有。

可与这位张氏妇并观的是《妾击贼》的女主人公。她的出奇不在智慧，而在武功，舞动一条扁担，把一群夜入民宅的强盗打得落花流水，亡魂失魄，然后从容放他们逃走。因为她是枪棒师的女儿，根本不把这群贼徒放在眼里。可怪的是有如此本事的妾每受冢妇挞楚沉默不语。这事并非凭空虚构，王士禛的《池北偶谈》卷二六《贤妾》也有记载，内容几乎全同。不过，《聊斋》的描写更细致、生动，人物也更为鲜明突出。

还有一篇《武技》，写一个名叫李超的人跟少林寺和尚学了一身好武艺，走南闯北，没遇到敌手。后在历城见一个年少尼姑设场弄艺，便下场比试。女尼认识李超的师父，不愿交手，甚至表示“甘拜下风”。李超见她文弱可欺，不肯罢手，定要胜她，结果被她打倒在地。作品的主旨在于惩戒骄狂好胜之辈，而以女尼的谦虚、谨慎作为衬托和反照。但比武是全篇的主要部分，女尼又是这个部分的主要角色，形象的分量和价值并不次于李超。那谦逊的精神、从容的气度、身手不凡的武功，给人留下深刻的印象。她也是个德能兼备、令人钦敬的巾帼奇人。

展开《聊斋》，女性形象联翩而至，千姿百态。爱情小说的女性多阴柔之美；上述各篇的女性多阳刚之美。全书主要是精彩女性的人物画廊。

第八章　仁者破案三折肱

《聊斋志异》中还有一批公案小说，多写实人实事，盛赞用心为民之官；也有以真人写假事者，对作者有恩之官投桃报李；还有制造冤狱的“愦愦”之官，只好烦关帝座前的周仓将军一显神灵。

一

先看写实人实事的为民之官。其中以《诗谳》最为委曲。青州范某出外负贩，妻在家中被杀，凶犯留一纸扇，“乃王晟之赠吴飞卿者”。王不知何人。吴“与范同里，平日颇有佻达之行”。郡县以酷刑诬吴“以成案”“历十余官，均无异议”。原来这些官员中了凶手设下的圈套：凶手看中范妻，欲挑逗而污之，唯恐不谐，念托“佻达”之吴，人必信之，便伪造赠吴之扇，持之以往，不料范妻持刀自卫，逼他不得不杀人，终于酿成吴氏冤案。

后周亮工分守青州，遂破此案。周亮工，字元亮，又字减斋，号栎园，“学者称栎下先生”，河南祥符人，明崇祯十三年（1640）庚辰科进士，“授潍令，以守城功擢御史”；入清，“顺治二年以御史招抚两淮”，四年迁闽按察使，“六年擢右布政”“以才能称，迁都御史”“骤擢”户部侍郎；旋被诬逮，“后以康熙二年起青州海防道”[①]，从而审断本案。侦破此案的关键环节乃在周亮工“随处留意”，即于青州南城某酒肆避雨时得记其题壁诗“口角”（言语、口气之类），故能一见扇上之诗，虽非同一笔体，犹能断定一人所作。循此脉络先讯酒肆主人，再讯诗的作者——日照的秀才李秀，步步深入，很快就将真凶铁商张成锁定，“一讯遂伏”。

此案之破，看似容易，实则甚难，如果没有周亮工那样的辞章功夫和诸事留心体察的习惯（这与他多年认真履职按察使大有关系），吴飞卿案极难翻转。故异史氏赞曰：“天下事入之深者，当其无有有之用。辞赋文章，华国之具也，而先生以相天下士，称孙阳焉。岂非入其中深乎？而不谓相士之道移于

① 参见［清］钱林：《文献徵存录》卷二，咸丰八年（1858）嘉树轩刊本。

折狱。易曰：‘知几其神’，先生有之矣。”此赞周氏两点：一为诗文功夫之深，可以此相天下士，如春秋时期伯乐（孙阳）之能相马。二则能将此等功夫移于折狱，临案即有先见之明，如《易·系辞下》所言：“几者，动之微，吉之先见者也。”[①]周亮工不仅工于诗文，书画、金石亦多精研，除《赖古堂集》《因树屋书影》还有《读画录》《字触》等著作，故“学者称栎下先生”。何守奇评曰：“因诗成谳，知公于此道三折肱矣。”无此功夫，断不能轻折此狱。

然而，本文并非全然写实。吴飞卿欲自尽，夜梦神人告知曰：“子勿死，曩日‘外边凶’，目下‘内边吉’矣。再梦又言，以是不果死。”这一情节应为蒲氏虚拟之笔，其仿李公佐《谢小娥传》笔法显而易见。小娥梦父告曰：“杀我者，车中猴，门东草。”又梦夫曰：“杀我者，禾中走，一日夫。”前者申兰，后者申春。这自然是李公佐将拆字法用于小说，谓不仅不识字的小娥“不自解悟，当书此语，广求智者辨之，历年不能得”。以此显示自己辨识之高。其实正是这类文字露出该篇至少局部虚造的马脚。后来据以铺张或缩写此故事的，有李复言《续玄怪录》之《尼妙寂》，欧阳修、宋祁《新唐

① 卜商：《子夏易传》卷八，［清］通志堂经解本。

书·列女传》之《段居贞妻谢》，凌濛初《初刻拍案惊奇》之《李公佐巧解梦中言，谢小娥智擒船上盗》，无不为谢小娥的幻诞之梦和李公佐的自高位置张目。只有宋王象之的《舆地纪胜》卷三十四《人物》中“谢小娥”条所记杀盗为父与全家报仇而后出家为尼之事，无迷信成分，近于情理。由于“时地多不符”（此所谓“不符”即与小说《谢小娥传》所写之时地不符也），被认为“宋后传闻之误”①。对李公佐炮制的以迷信为根基大违情理的小说情节却无人置疑。本篇亦仿《谢小娥传》，也是利用当时的所谓神人托梦之灵，为小说增加曲折和神秘的色彩，其为作者的虚拟之笔，自不待言。因其只占很少的局部，不影响大局的写实性。

另一篇纪实之作是《于中丞》。于中丞即于成龙，字北溟，山西永宁人，明崇祯间副榜贡生，清顺治十八年（1661）谒选，授广西罗城知县，康熙十三年（1674）署武昌知府，十七年（1678）迁福建按察使，十九年（1680）擢直隶巡抚，未几迁江南江西总督。于成龙“历官未曾带家属，卒时，将军、都统及僚吏入视，惟笥中绨袍一袭，床头盐豉数器而已”，被康熙誉为“天下廉吏第一”②。本篇写其破两起盗案，表现他的机

① 汪辟疆：《唐人小说》，中华书局1961年版，第95页。

② 参见赵尔巽等《清史稿》卷二七七，中华书局1977年版，第10083—10087页。

智和干练，为民用心。前写的盗案即在任两江总督按部高邮之时，巨绅家将嫁女，所备妆奁被盗，巡抚无策，于成龙即让关闭城门，只留一门放人出入。当天就逮住两个外着袍服而内着女衣以销赃的强盗。后写的盗案是于成龙早年任罗城知县时发生的。《清史稿》谓其“居罗城七年，与民相爱如家人父子。牒上官请宽徭役，疏鹾引，建学宫，创设养济院，凡所当兴罢者，次第举行，县大治。”[①]不仅如此，本篇写他去临县办事，在路上还注意一伙男子抬着一个妇人（实是与强盗分赃的妓女）赶路，随即派人跟踪，查明情况，联络其县令，为该县破获一起八人合伙的杀人抢劫案，为百姓除一大害。

第三篇纪实之作为《新郑讼》。写新郑县令石曰琮所断一桩白日劫财案。曰琮字宗玉，号璞公，长山人，康熙三十年（1691）辛未科进士，初授新郑知县。地“当滇黔楚越之冲，供亿旁午，厘奸剔蠹，积弊一清”[②]。可见其为干练之才。本篇所写某甲强夺过路病商之赀，反诬被劫病商为盗，两无“质实”，只好均“叱去之”，随后利用某甲久欠“逋赋”，即刻严追，对方果然出银交纳，就此问其银的来路，终

① 参见赵尔巽等《清史稿》卷二七七，中华书局1977年版，第10083—10087页。

② ［清］成瓘：《济南府志》卷五五。

被邻里供出实情。此案得以迅速突破，也能显出石的干才。但将白日公然抢夺银两之贼，只“责甲押偿之”，似判得过轻。仔细推敲，也可能某甲路过，顺手牵羊，数量有限（病商车内有银五千两，雇用两人推车），石公法外得施仁乎？抑蒲公不得其详，信笔而写？

第四篇的虚实尚未可定，即《太原狱》。写婆媳双寡，婆不能自洁，村中无赖“频来就之”。媳妇防阻，反而被诬。无赖亦自认与妇通，官不能决。后得淄川进士孙柳下做临晋县令，“推折狱才，遂下其案于临晋”。孙名宗元，字柳下，号长卿，顺治二年（乙酉）进士，历官临晋知县、开封南河同知、滦河知州、思恩府同知[①]。此案略讯一过，孙就让衙役准备砖石、刀锥，堂上让婆媳以此击打无赖，即刻显出婆婆不下狠手的真面目。此种折狱手段可能借鉴了元代李行道的《包待制智赚灰栏记》杂剧，该剧写有妻、妾二人各称自己是幼儿的亲娘一节，包拯莫能辨，便以石灰画栏，置儿中间，让妻、妾互拽之，拽出者即为儿的生母。妾怕伤儿，不敢用力，从而显出妻非生母。孙柳下有可能见过此剧，或知其剧情，利用婆媳对无赖的爱憎不同，借用此法。如果是这样，本篇就可能是写

① ［清］成瓘：《济南府志》卷四二。

实之作。如果借鉴此法的不是孙柳下，而是蒲松龄，本篇就不是写实之作，而是作者的虚构之笔。

二

《聊斋志异》中有两题（实为三篇）蒲松龄为报恩而撰的断案之作，即盛赞施愚山的《胭脂》和称颂费祎祉的两篇《折狱》。

《胭脂》是名篇，人物颇多，情节又颇曲折。真实的人物只有两个：施愚山和吴南岱。施名闰章，字尚白，号愚山，宣城人，顺治六年（己丑）进士，补刑部主事，迁员外郎。“世祖拔曹郎，有文充学使，得七人，闰章为首，遂提学山东佥事。”[①]时当顺治十三年（1656）十月[②]。吴南岱，与施闰章同年进士，字泰岩，武进人，历官刑部主事，袁州知府，于顺治十二年（1655）任济南知府。学政一般不参与断案；济南知府也管不着东昌府胭脂的官司[③]。蒲松龄为报答施愚山的知遇之恩，

① ［清］钱林：《文献徵存录》卷二，咸丰八年（1858）嘉树轩刊本。

② 施闰章：《学余堂集》文集卷十二《独树轩记》：“余于丙申冬十月抵历下受事。”

③ 参见拙文《〈胭脂〉〈折狱〉虚实辨析——兼谈〈聊斋志异〉的真人假事小说》，载《蒲松龄研究》2010年第2期。

就大肆发挥小说的虚构功能，将两人一并拉进这桩并不存在的公案之中。全案分三大阶段。一是冤案的铸成：胭脂偶见鄂秋隼而动心，佻达的王氏挑之而漏言于情夫宿介，宿介冒称鄂生去骗胭脂遭拒而夺得女鞋，宿介失鞋为毛大拾得，从而造成毛大欲行奸骗而杀胭脂之父大案，县郡拘刑，鄂生"诬服"；二是济南太守吴南岱复案，脱鄂秋隼而枉宿介，人称其神；三是宿介诉冤至学使，施愚山脱宿介而判真凶。本案参考较多的是《情史·张荩》和由它改编的《醒世恒言·陆五汉硬留合色鞋》，两者都只冤枉一个张荩，《胭脂》却冤枉两个：鄂秋隼和宿介。这不仅使案情更为复杂、曲折，关键在于这样才可由县郡、吴南岱和施愚山三层断案，从而显出施愚山为"贤能称最"，足称学中"宣圣之护法"。

与其借鉴的作品相比，《胭脂》不仅情事委曲，人物也多有性格和生气。温婉、腼腆的鄂生，"见客羞涩如童子"，被刑讯"不知置词，惟有战栗"。"及笄未字"的胭脂，情窦初开，又严守规矩，被人道着心事，"晕红上颊，脉脉不作一语"；被无赖调戏，则拼死抗争。宿介与王氏都是花言巧语之辈，油滑卖乖之人，不到山穷水尽，不肯说老实话，办老实事。至于主人公施愚山，不只是仁爱与智慧的化身，还是一位骈体文大家，那篇判词直写得诙谐、幽默，花团锦簇，读之令人赏心悦目。一般公案小说，人物多是定型角色，《胭脂》却各有面目，类似生活中人，这是它成为公案名作的重要因素。

此篇虽系虚拟，非施愚山经历之事。“异史氏曰”却很认真：“甚哉！听讼之不可以不慎也！纵能知李代为冤，谁复思桃僵亦屈？”可见其作此篇虽为报答施公知遇之恩，其艺术的造作还是非常认真的，将所写之事作为实事来对待。又曰：“呜呼！人皆服哲人之折狱明，而不知良工之用心苦矣！”此亦叹赏审断此案的施公须有三折肱的苦功，与施任刑部主事时即有“谳决明敏”之誉若合符契。下面颂扬施公作为学使“爱才如命”等语言出肺腑，尤其动人。赵伯陶君评注此篇，将后面“奖进士子”之《宝藏兴焉》文的本事从民国二十五年刊行的《重修博兴县志》卷一七《杂志》中发现，作者“相传”为博兴的魏基，此次被置“高等”，下次学使易人，以“犯规”被褫其衿①。可见蒲松龄写作此篇颇费心力，数用移花接木之法。

《折狱》前后两篇，都是写淄川知县费祎祉破案的。费祎祉，字支峤，浙江鄞县人，顺治六年（1649）进士，十五年（1658）任淄川知县。蒲松龄是年童试第一，颇蒙费令“器

① 赵伯陶：《聊斋志异详注新评》，第2502页。

许”。此乃柳泉先生撰此二篇的主要原因，以报答“器许”之恩。从作品本身来看，前篇写出真实的庄名——西崖，在原仙人乡，应是真有其事的迹象，被杀者虽为贾（假？）姓，所写之事却合情尽理：贾妻王氏欲去姻家串亲，让丈夫向邻居借首饰，丈夫不肯，“妻自假之，颇甚珍重”，回来时，用包袱裹起，纳于袖中（这是怕被丈夫看见），结果到家，“探之已亡”。王氏既怕夫知，又无力偿还，急得要死。周成拾得，便以此要挟行奸，王氏怕他再来纠缠，就说贾多病，“不如从容以待其死”。周成随即杀了贾，王氏得知“大哭”，当夜自尽。两条人命，一日而毙，虽很出奇，却出之必然。因事起突兀，无人知晓。费令一时无从下手，便放下以待时机。周成那次要挟王氏，“纳钗留袱”，原是留有再次要挟地步，不料成败露之祸。此前验尸又言：“见布袱裹银五钱余，尚在腰中，知非为财也者”，看似随笔提及，实是破案关键的第一伏笔。费令以追赋税得见与当初验尸时见过的刺有万字纹银袱，对此穷追，即得真凶。如此折狱，偶然中寓有必然。要在费公所说“随处留心”；异史氏所说：“用心苦则机关出也。”然本篇折狱之人真为费公支峤乎？未必。这不仅有《胭脂》那样为报知遇之恩而虚拟的断案之文，还有《折狱》第二篇为报答费祎祉故弄玄虚之笔，那么，前一篇也可能是将真实案件移花接木在费令名下，那就变成半真半假之事，即是地道的小说了。

后篇之事乃属虚拟，理由已在《〈胭脂〉〈折狱〉虚实辨析》中谈过，此不复赘。胡成因对与己有隙的冯安说了自己杀人越货，丢尸“眢井”的玩笑话，遭了一场井中真有死尸的冤枉官司。本篇费令的折狱功夫，一在借鉴宋代郑克《折狱龟鉴》卷五《张升》一则，使与闻杀夫之谋的女人出场声言：井中之尸即为其夫。二在以尸无头为由，设计钓其奸夫——杀人犯的办法。此又分为两步：第一步谓得全尸即可判胡成抵偿，并慰寡女可早改嫁，并“票示里人，代觅其首”，随即“有同村王五，报称已获”。第二步利用奸夫欲早得妇的急切心理，让寡女丈夫的堂叔应承官司，同意寡女尽早改嫁，并谕：“有买妇者，当堂关白。”结果王五即投婚状。这样，终使奸夫、淫妇自行投案。作者将这些步骤写得委曲宛转，合于情理。妙在将信口胡言的胡成“击喙数十”，表面是惩其开口“称冤”，实际是惩其胡说杀人，乱开玩笑。故但明伦评：“击数十，妙。”最后“释胡；冯以诬告，重笞，徒三年。事结，并未妄刑一人”。处置如此圆满，皆为报费令“器许”之恩，异史氏用心可谓苦矣。

三

《冤狱》与上述各篇不同，它所表现的世间冤狱已然走到山穷水尽，关帝前的神将周仓不得已大显灵威，附于凶手之体大闹公堂，以了结此案，昭雪覆盆。

原来佻达、诙谐的朱生丧偶，往求媒婆，恰遇其邻人妻子，甚美，就与媒婆戏说：为我求偶，她就可以。媒婆也戏说："请杀其男子，我为若图之。"朱笑应之。过一月有余，邻人外出讨债，"被杀于野"，县令以媒婆所述戏言疑朱，"逋至，百口不承"；县令疑妇与朱私通，以五毒全刑拷问之，"妇不能堪，诬服"。又讯朱，朱同情妇，不忍使其"既是冤死，而又加以不节之名"，随改变自己的口供："欲杀夫而娶其妇，皆我之为，妇实不知之也。"县令又追血衣，最后朱母应儿之请，割臂染之，从而将朱定成斩罪。临近刑期，"令方虑囚"，一人"直上公堂"，斥令"愦愦"，自称"关帝前周将军"，谓"杀人者乃宫标也"，也就是周仓所附之人。

本篇上述情节，除去周仓附体登堂，或有其事，或无其事，但它是作者对此等现实冤案的艺术概括，让周仓显灵不过是借助《聊斋》的“志异”特点为屈死于冤案的诸多亡灵长出一口恶气而已，更要紧的是作者要借此发泄满腹对封建官府历来判案的害民积弊。换句话说，正文和“异史氏曰”与别篇不同，别篇的“异史氏曰”多由正文内容而发，本篇则是作者胸中存有大篇议论才撰写这件冤案的。

“异史氏曰”长于偌长的正文达千余字，正是这种需要的缘故。它从“讼狱乃居官之首务”说起，却无一字言及本案或冤案，而从涉案的广阔背景与范畴着笔落墨。对官员而言，“培阴骘，灭天理，皆在于此”。对百姓而言：“一人兴讼，则数农违时；一案既成，则十家荡产。”故“余尝谓为官者，不滥受词讼，即是盛德”。下面论述此法难行的根本在于官府上下人等都在利用断案敲诈勒索：“一票既出，故若忘之，摄牒者入手未盈，不令消见官之票；承刑者润笔不饱，不肯悬听审之牌。蒙蔽因循，动经岁月，不及登长吏之庭，而皮骨已将尽矣！而俨然而民上也者，偃息在床，漠若无事，宁知水火狱中有无数冤魂伸颈延息，以望救拔耶？”随后特别指出，受此勒索之害者，“往往奸民少而良民多。而良民之受害，且更倍于奸民。何以故？奸民难虐，良民易欺也。皂隶之所殴骂，胥徒之所需索，皆相良民而施之暴。自入公门，如蹈汤火。”作者特别为那些受无辜连累的赤子而叫苦：“尝见一词之中，其急要不可少者，不过三数人，其余皆无辜之赤子，妄被罗织者也……官问不及，吏诘不至，其实一无所用，只足以破产倾家，饱蠹役之贪囊；鬻子典妻，泄小人之私愤而已。”作者不愧在宝应、高邮等地给县太爷孙蕙做过一年的师爷，对衙门上下各种人物的角色、心态、门路如此熟悉，了如指掌，并且经过千思百虑，一口气写出这篇纵论官吏听讼、断案弊害的“异史氏曰”，句句中肯，字字惊心。最后“深愿为官者，每投到时，略一审诘，当逐逐之，不当逐芟之，不过一濡毫、一动腕之间耳，便保全多少身家，培养多少元气。”就是这么容易的所谓“公门修行”，许多从政者都不曾念及，更不要说认真实行了。这篇透辟的狱讼之论始终未涉及非刑逼供一类情事，而多从平民百姓受害者出发，却将官府吏役的丑恶本质展示得一清二楚，与制造冤狱的正文故事恰可成为揭露官衙的互补之笔。

第九章　偶述琐闻一目传神

一

《聊斋志异》五百篇，并不全是现代意义的小说，不仅内容多种多样，体例也有很大分别。一部分作品既没有神异的幻想成分，也没有多少蒲松龄的虚构成分，在很大程度上属于生活见闻的艺术记录——记人记事的笔记小说。类似今天的生活素描、人物写生或生活小品。或写砍蟒救兄的樵夫（《斫蟒》）；或写举骡击盗的力士（《黄将军》）；或写为多分家财阉割其父的逆子（《单父宰》）；或写依官受贿又故作狂态的无赖（《狂生》）；或写以手指穿牛腹、断牛项的气功大师（《铁布衫法》）；或写空桶出白米、米桶变空桶的魔术绝技（《戏术》）；有的写屠夫用杀猪吹气之法制死野狼的奇闻（《狼三则》）；有的写骗子将男童扮作女子卖给官绅做妾的丑剧（《男妾》）；有的写地震之夜男女裸聚、“鸡鸣犬吠满城中”的混乱景象（《地震》）；有的写奂山顶上忽现城郭，楼台殿阁历历在目的自然幻象（《山市》）；有的写老鼠与蛇周旋，迫使后者吐出吞食的伙伴（《义鼠》）；有的写鹳鸟被蛇吃掉幼雏，请来大鸟报仇雪恨（《禽侠》）；还有的记述请仙、下神的（《上仙》《跳神》），玩杂耍的（《蛙曲》《鼠戏》），以及能做砚台的石土（《研石》），外国贡献的动物（《狮子》）、黄瓜架上结出西瓜……凡此种种，不一而足。蒲松龄的兴趣真是广泛，像他的孙子蒲立德说的，“耳目所睹记，里巷所流传”[①]，都被他一一写进《聊斋志异》，林林总总，蔚为奇观。

这类作品除了《偷桃》《金和尚》等少数篇章篇幅较长，一般只有一二百字，多则三四百字，有的只有几十字，“叙事简净，用笔明雅”，与大篇作品错杂相间，为读者增加不少兴味。古人把读《聊斋志异》比作游山，“才过一山，又闻一山”，中间“借径于小桥曲岸，浅水平沙”[②]，这一桥、一岸、一水、一沙，都别有风光，虽无大篇之胜，也觉清新可

① 蒲立德：《〈聊斋志异〉跋》，载张友鹤辑校三会本《聊斋志异》卷首。

② 冯镇峦：《读〈聊斋〉杂说》，载三会本《聊斋志异》卷首。

读。鲁迅也说："偶述琐闻，亦多简洁，故读者耳目，为之一新。"①

这些作品，没有曲折的故事情节，有的完全没有情节；也不大追求思想的艺术表现，不以构思艺术见长。它们的价值和魅力主要在精到、出色的艺术描写，在于蒲松龄的生花妙笔。无论写人、写事、写景、写物，都能达到绘声绘色，具体可感真切如画，历历在目。《地震》这样记述当时人的感受：先闻"有声如雷，自东南来，向西北去"，继而"几案摆簸，酒杯倾覆，屋梁椽柱错杂有声"；跑到外面，"见楼阁房舍仆而复起，墙倒屋塌之声与儿啼女号喧如鼎沸。人晕眩不能立，坐地上，随地转侧"。每一笔都极有声势，给人以身临其境之感。《跳神》这样描述下神者的情状："妇束短幅裙，屈一足，做'商羊舞'，两人捉臂，左右扶掖之，妇刺刺琐絮，似歌，又似祝，字多寡参差，无律带腔。"每一笔都造成形象，显出状貌，活画装神弄鬼的丑态。再看《蛇癖》：

余乡王蒲令之仆吕奉宁，性嗜蛇。每得小蛇，则全吞之，如啖葱状。大者以刀寸寸断之，始掬以食。嚼之铮铮，血

① 鲁迅：《中国小说史略》，第167页。

水沾颐。且善嗅，尝隔墙闻蛇香，急奔墙外，果得蛇盈尺。时无佩刀，先噬其头，尾尚蜿蜒于口际。

全文不足百字，而把人物的嗜蛇之癖写到极处，无以复加。读这类小文，甚至会感到肠胃不适，仿佛真有人在自己面前吞嚼活蛇。这正是摹绘如生产生的艺术效果。蒲松龄的笔，可以说写什么像什么，不是三分像、五分像，而是十分像、十二分像。如俄国大作家果戈理那样："不是书写，而是描写，他的刻画令人感觉到现实的生动的色彩。你可以看到并可以听见这一些刻画。每一个字或每一个句子，都尖刻地、确实地、浮雕一般地表现着他的思想"①，表现着他所描写的对象，把它们生动地、活灵活现地展示给读者。

不过，与长于精雕细刻的果戈理不同，蒲松龄乃是白描的高手。所谓白描，就是用简练的笔墨、粗线条勾勒出生动、鲜明的形象，往往捉取一二细节，淡淡几笔就栩栩如生。充分传递出描写对象的神韵和特征，具有一目传神的艺术力量。这对短小的写实之作尤其重要。特别是那些人物写生，许多都是白描的杰作。如前面提到的《冷生》《狂生》，一写呆钝书生，

① 别林斯基（满涛译）：《在书店里偷听到的文学谈话》，载《别林斯基选集》，时代出版社1953年版，第491页。

一写无赖秀才，都很传神。后者的主人公仰仗与贵官相识，屡次为诉讼者求情而受贿，贵官笑他，他不以为羞，反以大笑回报，“声振堂壁”，这一细节把无赖狂生的神气活画出来，跃然纸上。《农妇》也是一篇人物写生，只写主人公两件事：此人“贩陶器为业”，分娩当晚，丢下婴儿，独自往返百里，挑回两个大酒瓮；与一尼姑亲如姊妹，后听说对方行为不端，见面就打，对方问话也不答，“拳石交加，至不能号”。这两件事清楚地显出，女主人公是个什么样的人。全篇二百余字，笔笔传神，勇健、强悍、粗犷之气力透纸背。鲁迅在谈到白描笔法时说：“要极省俭的画出一个人的特征，最好是画他的眼睛。”[①]《农妇》就是画眼睛的典范作品。

二

《聊斋志异》中篇幅较长的特写是《偷桃》《蛇人》《口技》和《金和尚》等，艺术描写都很出色。

《偷桃》追记作者幼年看过的一次魔术表演，即民间所谓“变戏法”。不仅写了登天偷桃、断尸复活的奇术，还着重

① 《我怎么做起小说来》，载鲁迅《论文学》，人民文学出版社1959年版，第146页。

写了魔术艺人卖弄关节的种种做派和台词。表演偷桃之前故意埋怨："官长殊不了了，坚冰未解，安所得桃？"后把绳子挂于天际，让儿子攀登，儿子又埋怨阿翁糊涂，假装畏惧。老艺人哄他说："我已失口，悔无及，烦儿一行。儿勿苦，倘窃得来，必有百金赏，当为儿娶一美妇。"待到偷来仙桃，断尸从空而落，艺人又作出大悲的样子，乃升堂而跪，曰："为桃故，杀吾子矣！如怜小人而助之葬，当结草以图报耳。"致使"众官骇诧，各有赐金"。艺人敲着箱子叫道："八八儿，不出谢赏，将何待？"这些描写看似平常，而最有意味，把卖艺者的神情意态刻画尽致，声口毕肖，是全篇的主要精华。

《蛇人》也是出色的写实之作。通过被驯过之蛇的人性化描写显示这样的"蠢然一物"可以被艺人驯化到何种程度。前写大青死后，蛇人正愁"无补之缺"，二青就擅自离开蛇人，自己寻来最合适的小蛇，接受蛇人的训练。待到二青大到不能再弄的时候，蛇人款待它以"美饵，祝而纵之"。二青不愿离去，又不能不离去，写得最为动人：

> 既去，顷之复来，蜿蜒笥外。蛇人挥曰："去之，世无百年不散之筵。从此隐身大谷，必且为神龙，笥中何可以久居也？"蛇乃去。蛇人目送之。已而复返，挥之不去。

以首触笥，小青在中，亦蠢蠢而动。蛇人悟曰："得毋欲别小青耶？"乃发笥，小青径出，因与交首吐舌，似相告语。已而委蛇并去，方意小青不返，俄而踽踽独来，竟入笥卧。

蛇人说的话，二青不会懂得，但蛇人之意，通过其手势、表情和声调，二青却能大体领会。异史氏说它"恋恋有故人之意，且其从谏也如转圜"，是不错的。这些被弄之蛇总能善体艺人的要求和心意，所以能主动引来、"推荐"小青，这已很是难得。临去又特地返回，与小青告别，则是被驯养之蛇充分人性化的表现，不能不让人为之动容。

《口技》写村中来一个年轻的行医卖药女子，"有问病者"，女不能自己开方，说等到夜晚"问诸神"。至晚，女子将自己闭置于斗室之中，众人绕门窗倾耳静听里面的动静，实际就是由女子表演口技。

至夜许，忽闻帘声。女在内曰："九姑来耶？"一女子答云："来矣。"又曰："腊梅从九姑来耶？"似一婢答云："来矣。"三人絮语间杂，刺刺不休。俄闻，帘钩复动，女曰："六姑至矣。"乱言曰："春梅亦抱小哥子来耶？"一女曰："拗哥子！呜呜不睡，定要从娘子来。

身如百斤重，负累杀人！”旋闻女子殷勤声，二婢慰劳声，小儿喜笑声，一齐嘈杂。即闻女子笑曰：“小郎君亦大好耍，远迢迢抱猫儿来。”既而声渐疏，帘又响，满室俱哗，曰：“四姑来何迟也？”有一小女子细声答曰：“路有千里且溢，与阿姑走尔许时始至。阿姑行且缓。”遂各各道温凉声，并移坐声，唤添坐声，参差并作，宣繁满室，食顷始定。既闻女子问病。九姑以为宜得参，六姑以为宜得芪，四姑以为宜得术。参酌移时，即闻九姑唤笔砚。无何，折纸戢戢然，拔笔掷帽丁丁然，磨墨隆隆然；既而投笔触几，震震作响，便闻撮药包裹苏苏然。顷之，女子推帘，呼病者授药并方，反身入室。即闻三姑作别，三婢作别，小儿哑哑，猫儿唔唔，又一时并起。九姑之声清以越，六姑之声缓以苍，四姑之声娇以婉，以及三婢之声各有态响，听之了了可辨。群讶以为神。

在这场口技表演的描写中，表演者只有一人；对听众和本文作者而言，音声却有八人之多，包括三个神姑、三个婢女、一个小哥和表演者。此外还有物的音声。这些人或物的音声要以不同的层次写出，才能予以相对完整的艺术表现。第一层次就是原话呈现。九姑、六姑、四姑到来时的问话和答话，最为传神，必须逐句逐字地写出，以发挥文字语言（非口头语言）在表现“口技”中的最大描摹功能。第二层次则是使用具有某些人或物的音声效应的象声词语，如“戢戢”“丁丁”“哑哑”“唔唔”之类，它们不是音声本身，只是它们的近似者，对摹写音声也有较强的表现功能。第三层次是特地表现某种音声的概括描写，如“絮语间杂，刺刺不休”“道温凉声，并移坐声，唤添坐声”“九姑之声清以越”之类，其与一般事物的概括描写相比，仍有对特定音声的想象作用。本段前面大半篇幅以人物对话直接呈现为主，间用第三层次的概括描写，将口技造成的虚拟奇妙效应即刻显示出来，呈现多人共话的局面。后半在此基础上，则以第三层次的概括描写为主，适当插用象声词语，强化口技对音声的模拟，“即闻三姑作别，三婢作别”之类，皆不逐人以对话呈现，从而以繁简适当的笔墨完成这场口技表演的描写。如果说以一人之口模拟偌多人和物的音声变换是“巧言如簧，穷形尽相”（冯镇峦语），作者以一支笔描出这种由口技造成的“群讶以为神”的奇妙情境，则是语言艺术的妙笔生花。

《金和尚》不是一个场面的素描，而是一个人物的特写，写一个暴发的怪和尚。虽未点其名字、法号，实际写的就是清初在诸城五莲山光明寺做了二十七年方丈的金泰雨，法号海彻。他凭贵官及族人的支持，发展了寺院的经济势力，横行一方，作威作福。通篇既无故事，也无线索，只将和尚大置田产、多养僧徒、蓄歌童、听艳曲、广交游、买干儿等情况一一叙明，最后又写为他发丧送葬的热闹场面。看似纷纭杂沓，却成锦绣文章，充分显出主人公的汹汹财势和可笑行径，也充分显出当时社会趋炎附势的恶劣风气。

三

本书部分篇章后面缀有纪事小文，即所谓“附则”。有些篇末的“异史氏曰”也嵌入这类小文，实际上也是附则。这些小文与正文在内容上有某种关联，而本事又是独立的。全书四十余则，构成这部名著一个不可忽视的部分。与正文多谈鬼狐怪异不同，附则多为生活趣闻。由于从正文联想而出，大多具有思想意义和对正文的辅助作用，具有较强的讽刺性和幽默感。加上文笔精练，活泼，许多都是脍炙人口、一目传神的精彩之作。《梦狼》正文以奇幻之笔抨击“官虎吏狼”的封建官府，并在“异史氏曰”中指出：“即官不为虎，而吏且将为狼。”随即在附则中以写实之笔揭示衙役“为狼”的行径。邹平李栋朝，字匡九，“顺治甲午举人，乙未进士，宣城知县”[1]，居官廉明，衙役却用他的名义向一个遭遇冤枉官司的富民索贿。那人答应给索要的一半，衙役说：“我无不极力，但恐不允耳。”随后在审案时，衙役利用李匡九正在戒烟而喜喝茶之机，将李对“饮烟否”“饮茶否”的摇头与点头对富民说成是对纳贿钱数的否定和肯定。这样欺上瞒下，骗二百两银子到手。作品生动地描绘出衙役的狡诈和为官者“纵狼而不自知”，并且指出：“世之如此类者更多。”《梦狼》正文铺叙虎狼吃人的惨厉景象，读之令人毛发直立，切齿痛恨；附则以轻松的笔调记述官场丑闻，“字字金丹”“笔笔飞舞变幻”[2]，使读者在微笑中认识官吏的本质特征，与正文的艺术效果相辅相成。

《王十》的附则也是记述县衙门之事。主人公就是淄川颇有令誉的知县张嵋。当时各地官商勾结，逮治盐贩。张嵋不以为然。一天，盐商又捕获两个背盐的小贩，一个逃了，另一个被解到县衙。张问明情况，对小贩说：“汝腿病不能奔也？”小贩说“能奔”。张让他跑跑看，小贩跑几步想停下来，张嵋让他不要停，继续跑。就这样将小贩放走了。这则官场逸闻生

① ［清］成瓘：《济南府志》卷五十四。

② 者岛：《梦狼》篇末总评，载张友鹤辑校三会本《聊斋志异》，第1085页。

动有趣，把张嵋与小贩的音容情貌摹绘如生，让人看了忍俊不禁。

最精彩的还有那些生活小故事。看下面几则：

乡有士人，偕二友于途，遥见少妇控驴出其前。戏而吟曰："有美人兮！"顾二友曰："趋之！"相与笑骋。俄追及，乃其子妇。心赧气丧，默不复语。友伪为不知也者，评骘殊亵。士人忸怩，吃吃而言曰："此长男妇也。"各隐笑而罢。（《瞳人语》"异史氏曰"）

余乡有林下者，家綦贫。有童稚交，任肥秩，计投之必相周顾。竭力扮装，奔涉千里，殊失所望，泄囊货骑始得归。其族弟甚谐，作月令嘲之云："是月也，哥哥至，貂帽解，伞盖不张，马化为驴，靴始收声。"念此可为一笑。（《王六郎》"异史氏曰"）

灵隐寺僧某，以茶得名，铛臼皆精。然所蓄茶有数等，恒视客之贵贱以为烹献，其最上者，非贵客及知味者不一奉也。一日，有贵官至，僧伏谒甚恭，出佳茶，手自烹进，冀得称誉。贵官漠然。僧惑甚，又以最上一等烹而进之。

饮已将尽，并无赞语。僧急不能待，鞠躬曰："茶何如？"贵官执盏一拱曰："甚热。"（《鸽异》附则）

这些小文，篇篇妙不可言。只有阅读原文，仔细玩索，才能领会它的妙处。可以说篇篇都是笔法超绝的生活素描。既短小精悍，又笔歌墨舞。人物神采飞动，情貌活现，比某些大篇作品还有滋味，使人百看而不厌。《聊斋志异》的讽刺艺术真是丰富多彩，既有《画皮》《劳山道士》《梦狼》那样的寓言式讽刺，也有《夏雪》《公孙夏》《死僧》一类神异化的讽刺；不仅有《鸮鸟》《盗户》《佟客》等大半写实，偶尔涉幻虚实参半之作，还有鲁迅所说的完全写实之作。这种讽刺不但没有神异幻想的成分，也"不是专记骇人听闻的'奇闻'或'怪现状'"①，而是只写现实生活的日常情事。上面三则都以些许笔墨描出一幅实实在在的生活图景。不仅栩栩如生，历历在目，而且各有讽刺意味，富于幽默感。第一则嘲弄轻薄士人追赶女人，追上后竟是自己的儿媳，悔愧无地。第二则在讽刺打秋风贫士的同时，也显出某些"任肥秩"官人的无情无义，如《胡四相公》中学道张道一对待远来投奔的兄长张虚一一样。

① 鲁迅：《什么是"讽刺"？》，鲁迅《论文学》，第218页。

第三则将和尚趋奉贵官和贵官不会品茶同时写出，一箭双雕。

特别值得提出的是，有些篇章正文妄谈神怪，或宣扬因果报应，不甚可取，而附则记述的生活琐闻却有较高的艺术价值。《瞳人语》《霍生》《姬生》无不如此。《瞳人语》的主旨也在惩戒轻佻无行的士子，但用光明经的办法解除苦厄，未免显得说教气太重，不及附则活泼，灵动，含意隽永。《霍生》也是用鬼魂的残暴惩戒轻薄的恶作剧之徒，寓意较浅露，缺乏生气。附则不然，记述王某对同学妻子言行轻佻，戏谑无度，被同学误会，持刀追赶二三里，“肺叶开张”，得了哮喘病，“数年不愈”。其教育意义也是显而易见的。没有丝毫说教的味道。整个描述自然、逼真，一派天造地设的气象。《姬生》前半写主人公与狐交往的狂放性格，比较活脱；后半写他被狐迷惑，做贼行窃，未免失之荒唐，不过是教人“远小人”的思想图解。倒是附则所记之事更有趣，也更有意味。新来的知县查点囚犯，一个盗犯的脸上已经刻字，正待发配；知县嫌所刺“窃”字减笔从俗，下令刮去，按字书的点画另刺作“竊”。事后盗犯作诗一首：“手把菱花仔细看，淋漓鲜血旧痕瘢。早知面上重为苦，窃物先防识字官。”狱卒听了，笑他说：“诗人不求功名，怎么做贼？”他又作了一首：“少年学道志功名，只为家贫误一生。冀得赀财权子母，囊游燕市博恩荣。”这诗的意思是说，有钱才能做官，他行窃是为了弄点本钱，赚了大钱以后好去京城买官做，全文不仅讽刺了重行刺字的残酷县令，也抨击了贿赂公行的仕途官场。

另有几篇附则并无多少社会意义，但能写出一种可笑的性格或生活相，令人开心解颐，可作笑话来读。《爱奴》的附则就记述章丘朱生的一件趣闻。他在某家坐馆教书，性情耿直而暴躁，每次责罚弟子，主妇就派使女讲情，他一概不理。有一次，主妇亲自出马，在窗外唠叨。朱生大怒，操起界尺，“大骂而出”。主妇慌忙走避，朱生赶上，“横击臀股，锵然作皮肉声”。这事正像蒲松龄说的：多么可笑。再看《司札吏》附则：“牛首山一僧，自名铁汉，又名铁屎，有诗四十首，见者无不绝倒。”他自己刻了两个图章，一曰“混账行子”，一曰“老实泼皮”。后来有人刻印其诗，题作《牛山四十屁》，落款是“混账行子、老实泼皮放”。这也正如柳泉公所评：“不必读其诗，标名已足解颐。”

应该指出，无论单独成篇的琐闻笔记，还是正文之后的附则，都有一部分不尽属于生活实录。在流传过程中被民间作者和蒲松龄作了程度不同的加工、改造和艺术夸张。有些已是构思精巧的微型小说，其艺术价值并不只在出色的描写。前面谈到《梦狼》附则的官场逸闻就有显而易见的夸张成分和艺术造作。《佟客》"异史氏曰"中嵌入这样一个故事：衙役之妻与人私通，被衙役发现；"妻长跪哀乞"，某怒不可遏，立逼悬梁自尽；妻请回房更衣，某同意了，"自酌以待""呵叱频催"；后其妻盛装而出，含涕而拜："君果忍令奴死耶？"某仍"盛气咄之"；继而妻入房，将结带，"某掷盏呼曰：'咍，返矣！一顶绿头巾，或不能压人死耳！'遂为夫妇如初。"这是一篇微型讽刺小说。挖苦装腔作势之徒。类似的现象大量存在，但未必这么富有戏剧性。作者利用妻子换装的关目造成波澜，大大加强了讽刺效果。下面是《鸟语》附则：

> 齐俗呼蝉为"稍迁"，其绿色名曰"都了"。邑有父子，俱青、社生，将赴岁试。忽有蝉集襟上，父喜曰："稍迁，吉兆也。"一童视之，曰："何物'稍迁'？'都了'而已。"父子不悦，已而果皆被黜。

作者巧妙地利用两种蝉的俗名与功名成败在字面上的偶合，设计一个小故事，对学业不佳又巴望升级的考生做了善意的调侃，也表现了他们的心情和境遇。虽然短小，却富于匠心，也是构思精巧的微型小说。

第十章　“异史氏曰”富于魅力

《聊斋志异》是一部文言短篇小说集。作者蒲松龄取法“太史公曰”，常于篇末发点议论，名为“异史氏曰”。其会校会注会评本，所有四百九十四篇之中，计有“异史氏曰”一百九十四则。与一般小说的议论文字易遭冷遇的情况不同，“异史氏曰”深受人们的重视和喜爱。研究者自不必说，普通读者也津津乐读。这到底是为什么？

一、言出肺腑　激情灼人

《聊斋》是作者的“孤愤之书”，是假“鬼狐史”写“垒块愁”的。蒲松龄一生不得志，却始终是个积极入世者，对人对物，于时于事十分热心。官场的黑暗，仕途的混沌，世情的险恶，使他满怀激愤之情，有一肚子要说的话。假鬼狐不足尽其意，就情不自禁从幕后走到台前，痛陈所感，直抒胸臆，其势如箭在弦上，不得不发，骨鲠在喉，非吐不快，喷吐出来的常是激昂慷慨的火辣辣的语言："天下事足发指者多矣，使怨者常为人，恨不令暂作虎！"（《向杲》）"窃叹天下之官虎而吏狼者比比也！即官不为狼，而吏且将为狼，况有猛于虎者耶？"（《梦狼》）"余欲上言定律：'凡杀公役者，罪减平人三等。'盖此辈无有不可杀者也！"（《伍秋月》）这等议论极剀切，又极痛快，激情横溢，热烈灼人，与其说是议论，毋宁说是抒情，熔二者于一炉，乃情、理之合璧，可作声讨赃官恶吏的檄文来读，真有激动人心的感情力量。

> 嗟呼！遇合难期，遭逢不偶。行踪落落，对影长愁；傲骨嶙嶙，搔头自爱。叹面目之酸涩，来鬼物之揶揄。频居康了之中，则须发之条条可丑；一落孙山之外，则文章之处处皆疵。古今痛哭之人，卞和惟尔；颠倒逸群之物，伯乐伊谁？……天下之昂藏沦落如叶生其人者亦复不少，顾安得令威复来，而生死从之也哉？噫！（《叶生》）

这是对生"困名场"、死"入北闱"的叶生所做的论述，实际都是作者自己内心积郁的直接倾泻，如泣如诉，如焚如捣，悲怆沉抑之气充乎其间，愤叹感慨之情溢于言表。诗人们说，诗是思想感情的凝聚。将这段文字作散文诗读该是当之无愧的吧。

“异史氏曰”的见解自有深刻、高明之处，但是也有相当一部分并不怎么深刻、高明，甚或宣扬了鬼神迷信和封建道德。不过，有一点是明显的，一百九十几则“异史氏曰”说的都是真心话，发自肺腑，传出心声，从多方面表现着这位古典作家，既不像狐鬼故事那样隐晦曲折，又没有应酬文章的装束之态，而将其思想、感情—进步与落后，所长和所短连同种种内心矛盾，有声有色地和盘托出，让我们看到一个活生生的蒲松龄。读这些文字，仿佛听这位古人在说话，在各种不同的场合发言，时而慷慨陈词，时而冷嘲热讽，时而又谈笑风生，妙语解颐。不但可以了解其思想观点，还可以想见其心理、品格，甚而至于音容笑貌，真所谓如闻其声，如见其人。热情洋溢之作，自有作者的形象在其中。从这个意义上说，整个“异史氏曰”有力地塑造着一个人物，即作者自己。这就与一般小说的议论文字截然不同，无怪那么吸引人、感动人，富于艺术魅力了。

二、短小精悍　言简意赅

这是“异史氏曰”的另一特点，也是让人乐读的一个重要原因。当代小说的议论可能比蒲松龄的观点更正确，但如《聊斋》之议论简短者实在少见。前者动辄数百言，以至千言以上。长篇大论，不厌其烦。后者一般几十字，最短的只有十八个字（《张氏妇》）。虽有几则达数百字，乃至千言，但不是单纯发议论，而有描写和叙述，当作别论。

《聊斋志异》的议论不但短小，而且精悍。蒲箬在《柳泉公行述》中说：“思所及，中人情之膏肓；笔所书，导物理之肯窾。”[①]这并非对乃父的过誉之词。蒲松龄常亦寥寥数语道出一种物理人情，明晰透彻，言简意赅。如《阿宝》论痴：

> 性痴则其志凝。故书痴者文必工，艺痴者技必良。世之落拓而无成者，皆自谓不痴者也。且如粉花荡产，卢雉倾家，顾痴人事哉？以是知慧黠而过，乃是真痴。彼孙子何痴呼？

---

① 《蒲松龄集》，第1818页。

读这种少而精的议论式结尾，如饭后饮茶，既有助于对全篇故事的消化理解，又能从中汲取养料，滋长精神，费时有限，收益颇多。忘了什么人说过，大作家都是思想家。蒲松龄是个封建社会的文人，受着多种传统观念的羁绊。但他有正视现实的眼睛，“孤介峭直”的性格和一颗仇恨邪恶势力、同情人民疾苦的善良的心。这与他所处的时代、环境有着深刻、尖锐的矛盾。一些真知灼见即从此中发生出来，闪着熠熠动人的光芒，加上深厚、独到的文字功夫，往往能够一语破的，鞭辟入里，文理并茂，荡气回肠。《王十》论盐道之弊就是一例。“盐之一道，朝廷之所谓私，乃不从乎公者也；官与商之所谓私，乃不从乎其私者也。”这开头两句就很精粹。冯镇峦评它“洞见症结”“可当一篇盐法论。”[①]再看下文：“漏数万之税非私，而负升斗之盐则私之；本境售诸他境非私，而本境买诸本境则私之。冤矣！律中盐法最严，而独于贫难军民背负易食者不之禁；今之一切不禁，而专杀此贫难军民！”真是“层层驳，语语快”，句句中肯，字字有力。而最有光彩也最精彩的还是后面这几句：“然则为贫民计，莫若为盗及私铸耳——盗者白昼劫人，而官若聋；铸者炉火亘天，而官若瞽。即翌日淘

① 张友鹤辑校：三会本《聊斋志异》，第1560页。

河（指死后被罚淘奈河），尚不至如负贩者所得无几，而官刑立至也！”这篇“异史氏曰”议论较长，达三百字，而读者但见其好，不觉其长，仍有言简意赅的特点。《聊斋》很少有那种大而无当的空论。作者多于所见所感最深处着笔落墨，把现实生活和作品形象激发而爆出的思想火花凝成简短、精辟的文句，星散在各篇之中，成为重要思想精华。例如：“天子一跬步皆关民命，不可忽也。”（《促织》）“昔之民社官，皆势家役耳。”（《王大》）“普告天下大人先生，出人面犹不可以吓鬼，愿无出鬼面以吓人也！”（《鬼哭》）“物之尤者祸之府。”（《石清虚》）“天上多一神仙，不如地上多一圣贤。”（《杨大洪》）“下者益谄，上者益骄。”（《夏雪》）“不遭跋扈之恶，不知靖献之忠”（《珊瑚》）等。这些话是可作警句读的。

冗长的“异史氏曰”只有《马介甫》一篇，它全部引了大掉其书袋的《妙音经续言》，文章臃肿、堆砌，意寡词繁。倘非研究，可以不读。

三、画龙点睛　发人深思

《聊斋》多取神异题材，多记鬼狐怪异之事，虽也反映着现实社会，毕竟隔着一层，不很直接，作者恰当的点拨常能开阔读者的思路，如画龙点睛，使作品的现实意义更为鲜明。《李伯言》写阴司断案不得徇私，阎罗一动偏袒之心，殿上顿时起火，“焰烧梁栋”。“异史氏曰”将阴司和阳间联系起来，作一对比：“阴司之刑，惨于阳世，责亦苛于阳世，然关说不行，则受残酷者不怨也。谁谓夜台无天日哉？第恨无火烧临民之堂廨耳！”如此一点，自然引起人们对于现实深入的思考，从而达到阳世暗无天日的结论。《王六郎》也是这样——写渔夫与溺鬼为友，溺鬼做了土地神，渔夫远道往访，相知如故——乍看只是歌颂至诚的友谊，加上事涉怪诞，讽世之意易被忽略。异史氏以“置身青云，无忘贫贱”八字点出要旨，随即叹曰：“今日车中贵介宁复识戴笠人哉！”此句一出，豁然开朗，使人有云开见日、意象一新之感。

就与正文的关系而论，《潍水狐》的“异史氏曰”是独具特点的。它简直就是整体构思的一部分。狐翁交纳甚广，唯独不肯见县令，因“彼前身为驴”，狐“羞与为伍”。读到这里，已觉构思巧妙，忍俊不禁，但还不甚理解以驴为令的深意，也就不能尽得其妙。再看“异史氏曰”：

驴之为物庞然也，一怒则踶趹嗥嘶，眼大于盎，气粗于牛，不惟声难闻，状亦难见。倘执束刍而诱之，则帖耳辑首，喜受羁勒矣。以此居民上，宜其饮馆而亦醉也[①]。愿临民者以驴为戒，而求耻于狐，则德日进矣。

这是全篇重要的一笔，活画出为官如驴的丑态与本质。读之大悟而又大快。回头再想那构思，愈觉巧妙，新奇，境界层出，仿佛“更上一层楼”。

有些怪异传说，思想是很复杂的，显而易见的意义未必可取，甚至有害，而某种潜藏很深的思想因素却很可贵。作者以其独到的眼光将它发掘、强调出来，遂使作品大为生色。《三生》（见三会本卷一，非卷十之《三生》）就是个突出的例子。某缙绅由于“行多玷”，死后被罚作马、作物、作蛇，后因“不残生类”，复转为人，且“举孝廉”。如果单看这故事，显然是宣扬善恶报应，因果轮回。而异史氏曰：“毛角之俦乃有王公大人在其中。所以然者，王公大人之内，原未必无毛角之俦在其中也。”这一笔可谓奇峰突起，天外飞来，出人意表，发人深省，把读者的思路和作品的矛头一并引向王公大人，致使轮回思想黯然失色。这就不止于画龙点睛，直近乎点

① 参见前第三章所述（唐）崔令钦《教坊记》载苏五奴之言：“但多与我钱，吃馆（糙）子亦醉，不烦酒也。”

铁成金了。

四、锦上添花　相得益彰

“异史氏曰”并非全是议论文字，还创造了形象——正文以外的形象。篇幅较长的多有叙述和描写。或记人物事迹，或摹社会情状，无不生动逼真。它们与正文形象相类，思想相关，成为正文的有力补充。如锦上添花，相互辉映，相得益彰，不仅加强了作品的思想内容，艺术上也有所创造，独具一格。

《聊斋》继承史传文学的传统，叙事简洁、明快，顺畅如流，形象多用白描，着重写意。其结构虽也疏密相间，浓淡有致，但绝无大段细腻的铺陈文字，以免阻碍情节的发展。而“异史氏曰”全然不受这种限制，得以恣意舒展笔墨，铺陈渲染，产生一些浓墨重彩的艺术描写。作者那支生花妙笔将某些生活情状描写得淋漓尽致，惟妙惟肖。看《睹符》描写赌徒贪博：“盘旋五木，似走圆珠；手握多张，如擎团扇。左觑人而右顾己，望穿鬼子之睛；阳示弱而阴用强，费尽魍魉之技。门前宾客待，犹恋恋于场头；舍上火烟生，尚眈眈于盆里。忘餐废寝，则久久成迷；舌敝唇焦，则相看似鬼。”虽然用的骈体，但遣词造句都很自然，是浅近、通俗的骈文，生动、流畅，富于色彩，有很强的表现力。“异史氏曰”描写最精彩文字当属前面谈到的《王子安》篇：“秀才入闱有七似焉（参见第四章）。”一气连用七个比喻，都极尽形容，又层层雕镂，精细入微。秀才自进场到落第前后的种种情状都被摄入这段文章，穷形尽相，无以复加。与王子安梦中及第，“大呼长班”的正文故事珠联璧合，两者对观，益见精彩。仿佛同一主题不同风格的两幅画，各具特色，各有千秋，彼此映衬，意趣盎然。

与正文“搜抉奇怪”相反，“异史氏曰”的故事几乎全是生活见闻。从这个意义上说也是正文的有益补充。个别篇章，如《韩方》，正文似不怎样出色，父母均得疫病，神授之术，类乎证明孝能通神。而“异史氏曰”记录的官吏捉人“比追‘乐输’”，却颇有意味和社会意义：

> 犹忆甲戌（康熙三十三年）、乙亥间，当事者使民捐谷，具疏谓民“乐输”，于是各州县如数取盈，甚费敲扑。时郡北七邑被水，岁祲，催办尤难。唐太史偶至利津，见系逮者十余人。因问：“为何事？”答曰：“官捉吾等赴城，比追乐输耳。”农民不知“乐输”二字作何解，遂以为徭

役敲比之名，岂不可叹而可笑哉！

康熙甲戌、乙亥间，乃清政府对西塞噶尔丹用兵之时，地方官“使民捐谷”，还美其名曰百姓“乐输”，山东七邑闹水灾，官府仍在追缴“乐输”。唐太史，即为《聊斋志异》作《序》的唐梦赉，字济武，亦淄川人，在山东利津地方亲见百姓为官追“乐输”而被逮之事。因“乐输”而被逮，何其荒唐！尖锐地讽刺了腐败的时政。从而反观《韩方》正文，“枉死之鬼”欲求做“有功人民”的城隍、土地，反倒一路降灾疫于民，与“乐输”被逮同样荒唐，作者故言“天下事大率类此”。正是这样的正文才引出如此意味的“异史氏曰”，两者乃是相得益彰。不过，在我看来，正文的荒诞故事很可能是作者为发泄比追乐输的胸中怨气而编撰的，那就成了以正文陪衬“异史氏曰”了。

五、借题发挥　痛快淋漓

据张元所写的《柳泉蒲先生墓表》记载，蒲松龄完全不是“雄谈博辩、风义激昂”之士，而是个“蕴藉深远”的“恂恂然长者”，以至于其言“讷讷如不出于口”。他将一腔孤愤、满腹牢骚、平生感慨，寄之于笔端，但得宣泄抒发的机会，从不轻易放过。这是“异史氏曰”得以产生的一个十分重要的原因。长短不拘、灵活多变的文章形式给了他极大的抒写便利和自由，不但可以评价作品中的人和事，还可以由此及彼，借题发挥，直接地痛快淋漓地抨击社会的种种丑恶，构成了这部名著思想内容上的一个值得珍视的部分。有些篇章正文很短，“异史氏曰”却很长，那一般都是借题发挥的结果。《夏雪》，正文不足百字，后面拖一篇三倍长短的“异史氏曰”，慨叹“称谓之不古”，将康熙四十余年间官绅称谓的变化、可笑一一开列出来，极尽发挥、嘲讽的能事。

《聊斋志异》是小说，又不尽是小说，更不等同于当代意义的小说。少数篇什纯属怪异传闻的记录，并没有什么社会意义，只是由于“异史氏曰”的发挥，才与社会现实联系起来。《黑兽》就是个明显的例子。虎惧黑兽的怪闻不过说明“凡物各有所制”而已，异史氏由此联系到猕猴畏狨、任其择肥而食的情况，随后又作了如下的类比和发挥：“余尝谓贪吏似狨，亦且揣民之肥瘠而志之，而裂食之；而民之戢耳听食，莫敢喘息，蚩蚩之情亦犹是也。可哀也夫！”可以说，这篇短文的思想意义尽在“异史氏曰”的发挥之中，正文只是作此发挥的由头罢了。

还有这样一种情况："异史氏曰"的思想内容与正文塑造的某个偶然契合点（即表面形式的相似点），发挥一种重要思想，说出自己要说的话。如《劳山道士》，正文写王生慕道学仙，又"不能作苦"，穿墙之术没学成，头上碰个大疙瘩。故事的寓意是明显的，批评了"骄惰"、幸进、投机取巧。异史氏置此不论，而从穿墙法术上做出下面一段文章：

> 闻此事未有不大笑者，而不知世之为王生者正复不少。今有伧父，喜疢毒而畏药石，遂有舐痈吮痔者进宣威逞暴之术，以迎其旨，诒之曰："执此术以往，可以横行而无碍。"初试未尝不小效，遂谓天下之大举可以如是行矣，势不至触硬壁而颠蹶不止也。

指斥"舐痈吮痔"之行，抨击"宣威逞暴"之术，这是正文根本没有涉及的，是作者有感于现实的人生所做的发挥。王生的穿墙而行，与逞暴横行并无本质的联系，但在希图"行而无碍"这一点上相似相合。作者正是巧妙地利用了这个契合点，使上述发挥自然出之，水到渠成，毫无生硬、牵强之感，大大增强了作品的分量。

六、嬉笑怒骂　皆成文章

“异史氏曰”这种形式，取法于《史记》的“太史公曰”，但不是后者的简单模仿，而有其明显的发展、创造。“太史公曰”是史家之笔，着重评骘历史人物的功过短长，平稳、庄重，笔力雄浑，篇幅、分量也多考较，趋于整齐而均衡。“异史氏曰”是小说家言，旨在抒发胸臆，讽喻世情，长短不拘，轻重不计，风格也与史笔迥然不同，尖锐、明快、潇洒、热烈，杂以幽默，带着浓重的感情色彩和文学意味。

“文名藉藉”的蒲松龄的确是一代文章巨匠，有多方面的写作才能。论理、叙事、状物、抒情，无所不长；叹喟、礼赞、诙谐、幽默，各臻其妙。异史氏既要宣泄“孤愤”和感慨，嘲讽、笑骂文字自然不少。由于作者观察细微、功力深厚，兴之所至，涉笔成趣，嬉笑怒骂，皆成文章，既锋利、痛快，又含蓄、隽永，耐人寻味。看《夏雪》最末几句：“窃意数年以后，称爷者必进而老，称老者必进而大，但不知大上造何尊称，匪夷所思已。”这些话很有锋芒，却不剑拔弩张，富于强烈的讽刺效果。《三生》（卷十），写考场被黜“佳士”与主考令尹三世相仇，阎王使两人转生翁婿，以解其怨。异史氏评曰：“阎王之调停固善，然墀下千万众，如此纷纷，勿亦天下之爱婿皆冥中之悲鸣号恸者耶？”这一联想颇为幽默，嬉笑之中调侃了阎王，也嘲弄了科场。《八大王》的“异史氏曰”嵌入一篇《酒人赋》，其最末几句是这样的：“此名‘酒凶’，不可救拯。唯有一术，可以解酩。厥术维何？只须一梃。絷其手足，与斩豕等。止困其臀，勿伤其顶。捶至数百，豁然顿醒。”亦笑亦骂，亦庄亦谐，将赋写得如此活泼，也是一种艺术创造。不过此种文字最出色的还是《金和尚》，记述主人公的汹汹财势之后，“异史氏曰”：

此一派也，两宗未有，六祖无传，可谓独辟法门者矣。抑闻之：五蕴皆空，六尘不染，是谓“和尚”；口中说法，座上参禅，是谓“和样”；鞋香楚地，笠重吴天，是谓“和撞”；鼓钲锽聒，笙管敖曹，是谓“和唱”；狗苟钻缘，蝇营淫赌，是谓“和幛”。金也者，“尚”耶？“样”耶？“撞”耶？“唱”耶？抑地狱之“幛”耶？

对主人公未下一句评断，而评断自在其中；未作一句批判，而批判最有力量。字不满百，含意深长；声色不动，妙趣横生。是议论，也是艺术，是幽默的上乘、笑骂的极品，令人百看而不厌。

后记

20世纪80年代中后期，我曾先后为北京大学中文系作家班（第二期）和本科生班分别开设“聊斋读赏与研究”课程。去年着手编辑个人文集，在前讲稿基础上整理、修订与扩充，成文六篇，评述、鉴赏《聊斋志异》的思想和艺术。原稿还有首题：“满怀忧愤著奇书”；次题：“神话与现实的美妙结合”。前者介绍、辨述作者的生平与身世，多用拙著《聊斋艺术论》“附篇”《蒲松龄的生平、思想和为人》的前半；后者多用《聊斋艺术论》第三章内容：“把神话现实化 把现实神话化”。为避免、减少重复，《文集》第二卷（即聊斋卷）裁此二题，将首题中的新异内容并入《文集》第二卷首题（题名与前“附篇”全同），扩而充之；将六篇修订而成的文稿题作“《聊斋志异》面面观”，以近其实。

《文集》第二卷编定于今年2月，《面面观》原只上述六篇。第一、二两篇于今年3月和5月分别发表于《蒲松龄研究》第1 期和《北京大学学报》第3期。6月，应北京出版社编者之邀，在六篇基础上再行扩充，改篇为章，拟收入该社出版的“小书”丛书，题名仍为《〈聊斋志异〉面面观》。为充实其内容，使自成局面，又增加四章。前增作者生平身世、神怪与现实结合两章（实即将文集所裁剪者移至“小书”，并有所增益）；后加《“异史氏曰”富于魅力》一章，即发表于《文献》第二期的拙文《“异史氏曰”琐议》，同于《聊斋艺术论》末章。三章不入《文集》，而于自立小书中各有所用，各得其所。以新面目增入者，只有近撰的《仁者破案三折肱》章，合前六章与后三章，共计十章。此即这本小书编撰的始末。

赵伯陶兄特为本书撰写《导读》，以弁其首。

作者

2018年10月28日

北京大学蓝旗营寓所

国家新闻出版广电总局

首届向全国推荐中华优秀传统文化普及图书

大家小书书目

国学救亡讲演录	章太炎 著 蒙 木 编
门外文谈	鲁 迅 著
经典常谈	朱自清 著
语言与文化	罗常培 著
习坎庸言校正	罗 庸 著 杜志勇 校注
鸭池十讲（增订本）	罗 庸 著 杜志勇 编订
古代汉语常识	王 力 著
国学概论新编	谭正璧 编著
文言尺牍入门	谭正璧 著
日用交谊尺牍	谭正璧 著
敦煌学概论	姜亮夫 著
训诂简论	陆宗达 著
金石丛话	施蛰存 著
常识	周有光 著 叶 芳 编
文言津逮	张中行 著
经学常谈	屈守元 著
国学讲演录	程应镠 著
英语学习	李赋宁 著
中国字典史略	刘叶秋 著
语文修养	刘叶秋 著
笔祸史谈丛	黄 裳 著
古典目录学浅说	来新夏 著
闲谈写对联	白化文 著
汉字知识	郭锡良 著
怎样使用标点符号（增订本）	苏培成 著
汉字构型学讲座	王 宁 著

诗境浅说	俞陛云　著
唐五代词境浅说	俞陛云　著
北宋词境浅说	俞陛云　著
南宋词境浅说	俞陛云　著
人间词话新注	王国维　著　滕咸惠　校注
苏辛词说	顾　随　著　陈　均　校
诗论	朱光潜　著
唐五代两宋词史稿	郑振铎　著
唐诗杂论	闻一多　著
诗词格律概要	王　力　著
唐宋词欣赏	夏承焘　著
槐屋古诗说	俞平伯　著
词学十讲	龙榆生　著
词曲概论	龙榆生　著
唐宋词格律	龙榆生　著
楚辞讲录	姜亮夫　著
读词偶记	詹安泰　著
中国古典诗歌讲稿	浦江清　著 浦汉明　彭书麟　整理
唐人绝句启蒙	李霁野　著
唐宋词启蒙	李霁野　著
唐诗研究	胡云翼　著
风诗心赏	萧涤非　著　萧光乾　萧海川　编
人民诗人杜甫	萧涤非　著　萧光乾　萧海川　编
唐宋词概说	吴世昌　著
宋词赏析	沈祖棻　著
唐人七绝诗浅释	沈祖棻　著
道教徒的诗人李白及其痛苦	李长之　著
英美现代诗谈	王佐良　著　董伯韬　编
闲坐说诗经	金性尧　著
陶渊明批评	萧望卿　著

古典诗文述略	吴小如　著
诗的魅力 ——郑敏谈外国诗歌	郑　敏　著
新诗与传统	郑　敏　著
一诗一世界	邵燕祥　著
舒芜说诗	舒　芜　著
名篇词例选说	叶嘉莹　著
汉魏六朝诗简说	王运熙　著　董伯韬　编
唐诗纵横谈	周勋初　著
楚辞讲座	汤炳正　著 汤序波　汤文瑞　整理
好诗不厌百回读	袁行霈　著
山水有清音 ——古代山水田园诗鉴要	葛晓音　著
红楼梦考证	胡　适　著
《水浒传》考证	胡　适　著
《水浒传》与中国社会	萨孟武　著
《西游记》与中国古代政治	萨孟武　著
《红楼梦》与中国旧家庭	萨孟武　著
《金瓶梅》人物	孟　超　著　张光宇　绘
水泊梁山英雄谱	孟　超　著　张光宇　绘
水浒五论	聂绀弩　著
《三国演义》试论	董每戡　著
《红楼梦》的艺术生命	吴组缃　著　刘勇强　编
《红楼梦》探源	吴世昌　著
《西游记》漫话	林　庚　著
史诗《红楼梦》	何其芳　著 王叔晖　图　蒙　木　编
细说红楼	周绍良　著
红楼小讲	周汝昌　著　周伦玲　整理

曹雪芹的故事	周汝昌 著 周伦玲 整理
古典小说漫稿	吴小如 著
三生石上旧精魂——中国古代小说与宗教	白化文 著
《金瓶梅》十二讲	宁宗一 著
中国古典小说十五讲	宁宗一 著
古体小说论要	程毅中 著
近体小说论要	程毅中 著
《聊斋志异》面面观	马振方 著
《儒林外史》简说	何满子 著
我的杂学	周作人 著 张丽华 编
写作常谈	叶圣陶 著
中国骈文概论	瞿兑之 著
谈修养	朱光潜 著
给青年的十二封信	朱光潜 著
论雅俗共赏	朱自清 著
文学概论讲义	老 舍 著
中国文学史导论	罗 庸 著 杜志勇 辑校
给少男少女	李霁野 著
古典文学略述	王季思 著 王兆凯 编
古典戏曲略说	王季思 著 王兆凯 编
鲁迅批判	李长之 著
唐代进士行卷与文学	程千帆 著
说八股	启 功 张中行 金克木 著
译余偶拾	杨宪益 著
文学漫识	杨宪益 著
三国谈心录	金性尧 著
夜阑话韩柳	金性尧 著
漫谈西方文学	李赋宁 著
历代笔记概述	刘叶秋 著

周作人概观	舒　芜　著
古代文学入门	王运熙　著　董伯韬　编
有琴一张	资中筠　著
中国文化与世界文化	乐黛云　著
新文学小讲	严家炎　著
回归，还是出发	高尔泰　著
文学的阅读	洪子诚　著
中国文学1949—1989	洪子诚　著
鲁迅作品细读	钱理群　著
中国戏曲	么书仪　著
元曲十题	么书仪　著
唐宋八大家 ——古代散文的典范	葛晓音　选译
辛亥革命亲历记	吴玉章　著
中国历史讲话	熊十力　著
中国史学入门	顾颉刚　著　何启君　整理
秦汉的方士与儒生	顾颉刚　著
三国史话	吕思勉　著
史学要论	李大钊　著
中国近代史	蒋廷黻　著
民族与古代中国史	傅斯年　著
五谷史话	万国鼎　著　徐定懿　编
民族文话	郑振铎　著
史料与史学	翦伯赞　著
秦汉史九讲	翦伯赞　著
唐代社会概略	黄现璠　著
清史简述	郑天挺　著
两汉社会生活概述	谢国桢　著
中国文化与中国的兵	雷海宗　著
元史讲座	韩儒林　著

魏晋南北朝史稿	贺昌群　著
汉唐精神	贺昌群　著
海上丝路与文化交流	常任侠　著
中国史纲	张荫麟　著
两宋史纲	张荫麟　著
北宋政治改革家王安石	邓广铭　著
从紫禁城到故宫 ——营建、艺术、史事	单士元　著
春秋史	童书业　著
明史简述	吴　晗　著
朱元璋传	吴　晗　著
明朝开国史	吴　晗　著
旧史新谈	吴　晗　著　习　之　编
史学遗产六讲	白寿彝　著
先秦思想讲话	杨向奎　著
司马迁之人格与风格	李长之　著
历史人物	郭沫若　著
屈原研究（增订本）	郭沫若　著
考古寻根记	苏秉琦　著
舆地勾稽六十年	谭其骧　著
魏晋南北朝隋唐史	唐长孺　著
秦汉史略	何兹全　著
魏晋南北朝史略	何兹全　著
司马迁	季镇淮　著
唐王朝的崛起与兴盛	汪　篯　著
南北朝史话	程应镠　著
二千年间	胡　绳　著
论三国人物	方诗铭　著
辽代史话	陈　述　著
考古发现与中西文化交流	宿　白　著
清史三百年	戴　逸　著

清史寻踪	戴　逸　著
走出中国近代史	章开沅　著
中国古代政治文明讲略	张传玺　著
艺术、神话与祭祀	张光直　著 刘　静　乌鲁木加甫　译
中国古代衣食住行	许嘉璐　著
辽夏金元小史	邱树森　著
中国古代史学十讲	瞿林东　著
历代官制概述	瞿宣颖　著
宾虹论画	黄宾虹　著
中国绘画史	陈师曾　著
和青年朋友谈书法	沈尹默　著
中国画法研究	吕凤子　著
桥梁史话	茅以升　著
中国戏剧史讲座	周贻白　著
中国戏剧简史	董每戡　著
西洋戏剧简史	董每戡　著
俞平伯说昆曲	俞平伯　著　陈　均　编
新建筑与流派	童　寯　著
论园	童　寯　著
拙匠随笔	梁思成　著　林　洙　编
中国建筑艺术	梁思成　著　林　洙　编
沈从文讲文物	沈从文　著　王　风　编
中国画的艺术	徐悲鸿　著　马小起　编
中国绘画史纲	傅抱石　著
龙坡谈艺	台静农　著
中国舞蹈史话	常任侠　著
中国美术史谈	常任侠　著
说书与戏曲	金受申　著
世界美术名作二十讲	傅　雷　著

中国画论体系及其批评	李长之　著
金石书画漫谈	启　功　著　赵仁珪　编
吞山怀谷 ——中国山水园林艺术	汪菊渊　著
故宫探微	朱家溍　著
中国古代音乐与舞蹈	阴法鲁　著　刘玉才　编
梓翁说园	陈从周　著
旧戏新谈	黄　裳　著
民间年画十讲	王树村　著　姜彦文　编
民间美术与民俗	王树村　著　姜彦文　编
长城史话	罗哲文　著
天工人巧 ——中国古园林六讲	罗哲文　著
现代建筑奠基人	罗小未　著
世界桥梁趣谈	唐寰澄　著
如何欣赏一座桥	唐寰澄　著
桥梁的故事	唐寰澄　著
园林的意境	周维权　著
万方安和 ——皇家园林的故事	周维权　著
乡土漫谈	陈志华　著
现代建筑的故事	吴焕加　著
中国古代建筑概说	傅熹年　著
简易哲学纲要	蔡元培　著
大学教育	蔡元培　著 北大元培学院　编
老子、孔子、墨子及其学派	梁启超　著
春秋战国思想史话	嵇文甫　著
晚明思想史论	嵇文甫　著
新人生论	冯友兰　著

中国哲学与未来世界哲学	冯友兰　著
谈美	朱光潜　著
谈美书简	朱光潜　著
中国古代心理学思想	潘　菽　著
新人生观	罗家伦　著
佛教基本知识	周叔迦　著
儒学述要	罗　庸　著　杜志勇　辑校
老子其人其书及其学派	詹剑峰　著
周易简要	李镜池　著　李铭建　编
希腊漫话	罗念生　著
佛教常识答问	赵朴初　著
维也纳学派哲学	洪　谦　著
大一统与儒家思想	杨向奎　著
孔子的故事	李长之　著
西洋哲学史	李长之　著
哲学讲话	艾思奇　著
中国文化六讲	何兹全　著
墨子与墨家	任继愈　著
中华慧命续千年	萧萐父　著
儒学十讲	汤一介　著
汉化佛教与佛寺	白化文　著
传统文化六讲	金开诚　著　金舒年　徐令缘　编
美是自由的象征	高尔泰　著
艺术的觉醒	高尔泰　著
中华文化片论	冯天瑜　著
儒者的智慧	郭齐勇　著
中国政治思想史	吕思勉　著
市政制度	张慰慈　著
政治学大纲	张慰慈　著
民俗与迷信	江绍原　著　陈泳超　整理

政治的学问	钱端升　著　钱元强　编
从古典经济学派到马克思	陈岱孙　著
乡土中国	费孝通　著
社会调查自白	费孝通　著
怎样做好律师	张思之　著　孙国栋　编
中西之交	陈乐民　著
律师与法治	江　平　著　孙国栋　编
中华法文化史镜鉴	张晋藩　著
新闻艺术（增订本）	徐铸成　著
经济学常识	吴敬琏　著　马国川　编
中国化学史稿	张子高　编著
中国机械工程发明史	刘仙洲　著
天道与人文	竺可桢　著　施爱东　编
中国医学史略	范行准　著
优选法与统筹法平话	华罗庚　著
数学知识竞赛五讲	华罗庚　著
中国历史上的科学发明（插图本）	钱伟长　著

出版说明

“大家小书”多是一代大家的经典著作，在还属于手抄的著述年代里，每个字都是经过作者精琢细磨之后所拣选的。为尊重作者写作习惯和遣词风格、尊重语言文字自身发展流变的规律，为读者提供一个可靠的版本，“大家小书”对于已经经典化的作品不进行现代汉语的规范化处理。

提请读者特别注意。

北京出版社